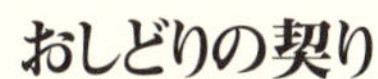

おしどりの契り

代筆屋おいち

篠 綾子

角川春樹事務所

目次

第一話　ありやなしや　7
第二話　七重八重　84
第三話　山吹小町　151
第四話　契りし言の葉　224
あとがきに代えて　290

おしどりの契(ちぎ)り

代筆屋おいち

第一話　ありやなしや

一

立秋を迎えてからもわずかに感じられていた夏の名残りが、一つずつ消えてゆく。

澄んだ空はいよいよ高く、雲は峰のような形から、魚の鱗（うろこ）を散らしたような形に変わった。秋がますます深まってゆくのを肌に実感できる頃、本郷は梨の木坂にある露寒軒（ろかんけん）宅の梨の木も、小ぶりな実をたくさんつけた。

「今年も、辰巳屋（たつみや）さんを呼ばなくちゃいけないね」

馴染（なじ）みの菓子屋の名をおさめが口にした、翌日のこと。

まるでその言葉を聞きつけでもしたかのように、辰巳屋の主人辰五郎（たつごろう）がやって来た。

辰巳屋は、乳香散（にゅうこうさん）で評判高い兼康（かねやす）から、少し東へ進んだところにある。

兼康の辺りはいつも賑（にぎ）わっているのだが、そこを抜けると、人の行き来が少なくなるため、常に客の入りがよいわけではない。だが、味のよい菓子を売る辰巳屋は、知る人ぞ知る店として相応に繁盛していた。

この辰巳屋の主人は、自ら菓子を作る職人で、齢（とし）の頃は四十代半ば。おさめが露寒軒宅で暮らすようになる前から、露寒軒宅に出入りしているらしい。といっても、この季節にやって来て梨をもらい受け、数日後にはそれで作った菓子を持ってくるという関わりであった。

「今年もお世話になります」

辰五郎はそう言って頭を下げ、おさめが籠に山盛りにしておいた梨の実を、嬉しそうに抱え上げた。

「菓子ができたら、また、お持ちいたしますんで、数日お待ちください」

「去年のあの羊羹みたいなお菓子、また作るんですか」

おさめが尋ねると、

「去年のはどうも、味も舌触りもさっぱりしすぎで……。今年はそこのところを工夫するつもりです」

と、辰五郎は生真面目そうな口ぶりで答えた。

「去年は、露寒軒さまとあたししかいなかったけど、今年は住人が増えましたからね。皆、楽しみにしてますよ」

そんなおさめと辰五郎の会話を、おいちと幸松は胸をわくわくさせながら聞いた。

（梨の実がお菓子になるなんて……）

幼い頃から身近にあった梨の実だが、皮をむいて食べる以外の食べ方を、おいちはしたことがない。

昔暮らしていた下総の真間村では、少年が想いを寄せる少女に梨の実を贈る風習があった。

（颯太——）

大事な想い人からもらった梨の実は、食べてしまうのが惜しくてならなかった。しかし、ずっと取っておくわけにもいかず、黄金色に輝くその実を一口一口嚙みしめるように味わった幸せな想い出は、今なお、おいちの胸に刻まれている。

颯太からもらった梨の、甘かったこと。

ふだん口にする梨の味と、どうしてあれほどに違っていたのだろう。颯太は美味しい梨の実を見分ける力が備わっているんだと、おいちはかたく信じていた。

その颯太が行方知れずになったのが、去年の春のことである。だから、去年の秋、おいちは梨の実をもらうことがなかった。

今も、颯太の行方は分からない。

だから、今年も梨の実をもらえないだろう、と半ばあきらめていたおいちの身に、今年の七月七日、思いがけない奇跡が起こった。

日も暮れた夕闇にまぎれて、露寒軒宅の庭先に、梨の実が一つ届けられたのである。その場にはおいちしかいなかった。誰かが届けてくれるとすれば、颯太以外に考えられない。

だが、おいちが呼びかけても、返事はなかった。颯太の姿も見えなかった。

（それでも、あれを届けてくれたのは颯太に決まってる）

その梨の果肉は言いようもなく、甘く瑞々しく美味しかった。あんな梨の実を見つけられる人は、颯太しかいない。

おいちは申し訳ないと思いつつ、その梨を一人で食べた。梨の実を手に入れたことも、誰にも話さなかった。

打ち明けてしまえば、梨の実が幻のように消えてしまうのではないかと怖かったのだ。一方で、秘密にしておけば、いつか颯太が姿を見せてくれるのではないかと、そんな気もした。

(あの時、颯太はその場にいたのかしら?)

どれだけ考えても答えは出ない。

そうやって、おいちが颯太への想いを募らせているうち、数日が経ち、例の辰巳屋辰五郎が梨の菓子を持って、露寒軒宅にやって来た。

「あら、これは去年いただいたのと同じお菓子ですね」

長方形の菓子を見て、おさめはすぐに言った。

確かに見た目は羊羹のようである。梨を使っているせいなのだろう、色は白っぽくて透明感はない。

去年のは失敗作だと口にしていた辰五郎だが、この時は無言であった。ただ、その口許には、かすかな自信を湛えた笑みが浮かんでいる。

「それじゃあ、さっそく切り分けてきましょう」

おさめが台所へ持ってゆき、切り分けて皿に盛った菓子を、お茶と共に運んできた。ちょうど歌占（うたうら）や代筆の客がいない八つ半（午後三時）頃だったので、露寒軒以下、皆で辰五郎を囲んで味見をする。

「おや、まあ、これは――」

一切れ、口にした途端、おさめが目を大きくした。

おさめと同時に菓子を口にしたおいちも、驚きに打たれた。

（あの梨が、こんなになるものなの？）

何か特別な術でも用いたのではないかと、おいちは疑った。瑞々しくさっぱりした梨の食感はすでになく、ねっとりとした舌触りである。味わいは濃厚なのだが、甘みは控えめでしつこさはなく、梨の風味がしっかりと残っていた。食べた後は不思議なくらいあっさりした食感で、いくらでも食べられそうだ。

「美味しいです！」

おいちと幸松はほぼ同時にそう言っていた。

その言葉に、おさめがうんうんと目を細めてうなずいている。

「これは、確かに去年のものとは似て非なる菓子じゃな」

露寒軒はじっくりと味わった後、おもむろに言った。「へえ」と、辰五郎がうなずき返す。

「実は、去年の作はあっさりしすぎていたのが難点で、売り物にならなかったんですよ。

あっさりさっぱりしているのが、梨のいいところですから、似たような食感だったら、梨をそのまま食べた方がいいってわけでして」

「それで、今年は正反対のねっとりした菓子を作り出したというわけか。うむ、口の中にある間は濃密で、食べ終えた後にさっぱりしているのは悪くない」

露寒軒の言葉が終わるのを待ちかねていた様子で、

「すごいわ、辰巳屋さん。だって、このお菓子、ねっとりしているのに、ちゃあんと梨の風味があって、それが生かされているんだもの」

おいちが弾むような口ぶりで、菓子を褒めたたえた。

「そうですかい。そう言ってもらえると、苦労して作り上げた甲斐があったってもんですよ」

辰五郎は嬉しそうに目の縁にしわを寄せて笑った。

「この菓子を売り出そうというわけだな」

露寒軒が問うと、辰五郎は笑みを消して生真面目にうなずいた。

「へえ。もう少し試して、恥ずかしくないものに仕上げてから、と思ってますが」

「まあ、試しに作るための梨はまだまだある。今日も持ち帰るがよかろう」

露寒軒がそう言って、おさめに目を向けると、おさめは心得た様子でうなずいた。

「辰巳屋さんに持ち帰ってもらう梨の実は、ちゃあんと用意してありますよ」

「ありがてえことです」

辰五郎は首の後ろに手を当てて頭を下げた。それから、わずかに顔を上げると、露寒軒を仰ぎ見るようにしながら、

「実は、この菓子のことで、折り入って先生にお願いしたいことがあるんですが」

と、切り出した。

「何、このわしに願いじゃ、と」

「へえ。菓子にいちばん大事なのは、職人の腕と真心ですが、売るためにはやっぱり名前も大事です」

「ふむ。菓銘（かめい）のことじゃな」

露寒軒は顎鬚（あごひげ）をいじりながら、もったいぶった様子でうなずく。

「かめい……？」

おいちは初めて聞く言葉に、首をかしげた。いつも横からこっそり助けてくれる幸松が黙っているところをみると、幸松も知らないらしい。

「菓銘とは菓子の名のことじゃ。ただし、その菓子の味わい、見た目、由来など、すべてを言い表すものでなければならん」

露寒軒が胸を張って言った。

「その名前を、ぜひとも先生につけていただきてえんです」

すかさず辰五郎が頭を下げる。

「まあ、よかろう。すぐというわけにはいかぬが……。すでに名の知れた菓子と同じでは

ならぬし、古典や歌集など繙(ひもと)かねばならん」

「ぜひとも、よろしくお願(ねげ)えします」

　辰五郎は居住まいを正し、深々と頭を下げた。


　おさめが籠に盛っておいた梨の実を、辰五郎が持ち帰ってからも、客が来ないのを幸い、おいちたちは辰巳屋の菓子を食べながら雑談を続けていた。

「そういえば、小津屋(おづや)さんの婚礼から、もう半月ほどが経(た)ったんだよねえ」

　おさめが切り分けた菓子を追加しながら、ふと思い出したように言う。

　大伝馬町(おおでんまちょう)に店を構える小津屋は、露寒軒宅が馴染みの紙商である。支配人の一人娘美雪(みゆき)が、この七月七日、手代の仁吉(にきち)を婿に迎えたばかりであった。

「仁吉さんはますます仕事に精出しているようですよ。美雪お嬢さんも相変わらず店の仕事に口出ししているらしいですが、お二人の息がぴたりと合っていて、まるでもう何年も一緒の夫婦(めおと)みたいだって、皆、言っています」

　いつも引き札配りに出ている幸松が、町で拾ってきた噂(うわさ)を嬉しそうに披露した。

「美雪さんは幸せなのね」

　追加された菓子を味わった後、おいちも笑顔になって言う。かつて仕事に口を出しすぎて、前の夫新右衛門(しんえもん)を追い詰めてしまった美雪だが、仁吉は仕事の面でも一緒に歩んでいける連れ合いなのだろう。

本当によかったと思いながら、おいちの手はさらに梨の菓子へと伸びていた。後味がよいので、つい後を引いてしまう。

「梨で作った羊羹だから、梨羊羹じゃいけないんですか」

菓銘の一件を思い出して、おいちが言うと、

「それじゃあ、あんまり当たり前すぎるよねえ」

おさめがお茶をすすりながら首をかしげた。

「確かに、梨の羊羹って変わってるなって興味は湧きますけど、すぐにどんなものか分かっちゃいますもんね」

幸松もあまり賛同している様子ではない。その時、露寒軒がふんっと鼻をならした。

「お前が思いつく程度の菓銘でよければ、わざわざわしが頭を使うまでもあるまい」

その言い方にはむっとしたが、言われてみれば確かにその通りである。気持ちが落ち着いてくると、露寒軒がどんな菓銘をつけるのか、おいちにも楽しみになってきた。その時、

「ちょっと、御免くださいな」

玄関の方に甲高い女の声がした。

「お客さんだっ！」

幸松が慌てて立ち上がり、おさめは空いた皿や茶碗を手早く片付け始めた。

（あの声……？）

おいちは聞き覚えがあるような気がした。同時に、何やら嫌な予感も覚えていた。気は

進まないが、どうも気にかかってならないので、幸松の後から玄関へ向かう。

「あっ、お姉さんは……」

幸松の驚いた声が、客の女を見るより先に、おいちの耳に届いた。

「あら、幸松ちゃんじゃないの。あんたがなかなかうちに遊びに来てくれないから、あたしの方から来ちゃったわ」

相手の女が言い返している。その直後、おいちは玄関へ飛び出した。

「お菊っ！」

春の終わりの頃、露寒軒宅にやって来て、さんざん人騒がせなことをした従姉のお菊であった。

「ああ、あんたもまだいたのね」

別れ際、昔の嫌がらせについて詫びた殊勝な心はどこへやら。お菊はおいちを目にするなり、いきなりぞんざいな態度に変わった。

「真間村から歩いてきて、疲れちゃった。ああ、江戸に入ってからは駕籠を雇ったけどね。ちょっと、あんた。足を洗う水桶、持ってきてちょうだい」

おいちに向かって言う。

おいちもまた、春先の別れ際の切ない思いなどすっかり忘れ去り、腹を立てた。

「あたしはあんたの女中じゃないのよ」

大きな声で言い返すと、

「あっ、おいら。おさめさんに頼んで、お水と手ぬぐい、持ってきますから」

幸松が気を利かせて言った。

「なんで、幸松がそんなことするのよ。あんたはこの人の使用人じゃないでしょ」

奥へ引き返そうとする幸松を呼び止めて、おいちはつけつけと言った。

「でも……お客さまですよ」

幸松がお菊の方をちらちら見ながら、おいちを気がかりそうに見上げて言う。客と言われると、確かに言い返しようもない。

「あんた、本当にお客さんなんでしょうね。お客さんってのは、うちで歌占や代筆を頼んでくれる人のことよ。もちろん、後払いはなしでね」

おいちがお菊を意地悪く見据えながら言うと、

「占いだって代筆だって、いくらでも頼んであげるわ。お銭はたくさん持ってきてるんだから」

お菊は胸を張って答えた。相変わらず実家で甘やかされて、江戸で買い物をする金をふんだんに与えられているらしい。そのことも気に食わないが、今さら、お菊と自分の扱いの違いについて、腹を立てても仕方がない。

幸松が奥へ行ってしまうと、おいちは玄関の戸に目をやった。

「喜八さんも一緒なんでしょう？　入ってもらいなさいよ」

戸はすでに閉められていた。お菊の喜八に対する態度は相変わらずひどいと思いながら、

「あたし一人よ」

おいちが言うと、お菊が言った。

「えっ、喜八さん、いないの？　じゃあ、誰があんたをここまで連れてきてくれたのよ」

真間村には、他にもお菊のことを想っている若者たちが大勢いたが、その中でも、お菊の祖父や父を納得させせられる者といえば――。おいちが頭をめぐらしていると、

「いないわよ」

ぶすりとした声で、お菊が言った。

「ええっ！　あんた一人でここまで来たの？」

お菊がいっそうふてくされた声で答えた。

「何よ。あんたにだってできたことでしょ。あたしが一人でここまで来られないとでも思っていたわけ？」

おいちは仰天した。

お菊は切れ長の目で、おいちを睨みつけながら突っかかるように言う。

「別に、あんたを見くびっていたとか、そういうわけじゃないわよ。だけど、よくお祖父さんや、あんたのお父さんが許してくれたなって」

「ああもう、そんなことはどうだっていいでしょ。それより、喜八のことは口にしないでちょうだい。今のあたしは、あの人の名前を聞くだけで、頭が痛くなるんだから」

お菊は頭ごなしに命じた。

「えっ、どうして？　喜八さんがあんたに何かしたの？」

思いがけない言葉に、おいちが訊き返すと、

「喜八があたしに何かするわけないでしょ。あの人はどんなことだって、あたしの言いなりなんだから」

と、お菊は言う。

「じゃあ、なんで喜八さんのこと、口にしちゃいけないのよ」

「そんなこと、あんたには何の関わりもないでしょ」

お菊がそう言って、つんと横を向いた時、

「まああ、お菊さんじゃありませんか。お懐かしいこと」

奥から、おさめが水を張った桶と手ぬぐいを持ってやって来た。

お菊が手と足を洗うのを、おさめが甲斐甲斐しく世話などしている。そんなことまでしてやる必要なんかないのに——と、おいちは気に入らないが、お菊が喜八の話題を避けたがっていることは気にかかった。

（喜八さんは本当にお菊のこと、心から大事に想ってるのに……）

だが、口数も少なく、不器用な喜八には、その想いの丈をお菊に伝えるなんて、とうてい無理な話だろう。

そんな喜八の胸中を思いやると、おいちは何とかしてやりたい気持ちになる。もっとも、それでお菊が幸せになるのは、何となく気に入らないのだが……。

「ああ、さっぱりした。ほんと、ここまで来るのに疲れちゃったわ」

お菊は手ぬぐいで足を拭きながら、ようやく穏やかな声を出した。

「辰巳屋っていう菓子屋さんが持ってきた、羊羹みたいなお菓子がありますよ。あたしたちはもう頂戴しましたけど、お菊さんもいかがですか」

おさめが言うと、

「羊羹なら、好きだからいただくわ」

お菊はさも当たり前のことのように言った。それから、

「あたし、しばらくこちらでご厄介になろうと思ってるの。もちろん宿代はお支払いするから、露寒軒先生にもどうかよろしく口添えしてくださいな」

と、お菊はおさめに向かって頭を下げた。続けて、

「あんたもちゃんと口添えしてよね」

と、お菊は突然、ぶっきらぼうな口ぶりになって、おいちに言う。

「何よ。あんた、さっき、歌占と代筆のお客だって――」

「だから、必要ならお客になってあげるわよ。でも、その前に、ここにしばらく置いてもらうのを承知してもらわなけりゃいけないの」

決まったことのように、お菊はのたまう。

おいちは唖然として言い返すこともできなかった。

二

お菊が露寒軒宅で寝起きするようになって数日が経った。一人で江戸にやって来た理由ははっきり言わないが、宿代は前払いした上で、

「ご迷惑はおかけしませんから」

と、言う。露寒軒はお菊の事情などに興味はないらしく、宿代を払うのであればかまわないと、後はおさめにお菊の世話を任せてしまった。

おさめは例によって世話好きだから、お菊のわがままに付き合うのも嫌ではないらしい。その上、お菊が幸松のことを恩人と思って優しくするものだから、幸松までお菊になついている。

(何もかも気に入らないわ)

おいちは一人、いらいらしながら過ごしていた。

そんなある日の夕方、おいちの許へ文が届いた。他人のための文は何通も書いてきたが、自分宛ての文といえば、真間村からいなくなる時に颯太からもらった一通のみである。

「一体、誰から？」

分厚い表書きに包まれた、たいそう立派な文である。

玄関でそれを受け取ってきた幸松は、

「柳沢家のお屋敷から承ったということでした」

と、届け人からの言葉を伝えた。

傍らで耳をそばだてていたらしい露寒軒が、開いていた書物から目を上げて、不穏な声を上げる。

「何、柳沢じゃと？」

夕餉の前でたまたま同じ座敷にいたお菊も、不審げな声を上げた。

「柳沢家って何よ」

「おいち姉さんが半月ほど、ご奉公していたお大名のお屋敷なんです」

幸松がお菊に向かって、返事をしている。

おいちは露寒軒のこともお菊のことも無視して、文の表書きの包みを取った。中に折り畳まれている紙をさっと開くと、薄墨で書かれた美しい文字が――。その達筆には見覚えがあった。

「お美代さんだわ！」

おいちは弾んだ声を上げて、文を読み進めた。

おいちが柳沢家で与えられた仕事は、奥方である正親町町子が書いた日記の清書であった。その屋敷で、おいちと同じく清書の役を果たしていたのが、町子に従って京からやって来たお美代、お初の二人だったのである。

京生まれ、京育ちのおっとりした人たちとは、親しくなれないのではないかと不安だったが、それはまったくの杞憂に終わった。最後には、たった半月で別れねばならないことを、三人で共に嘆き合ったほどである。

お美代からの文には、自分たちの近況や女主人である正親町町子の様子などが、要を得た文章で書かれていたが、

「あたしの後釜として新たに入った女中さんが、辞めてしまったんですって」

おいちは文を最後まで読み通してから、目を上げて露寒軒たちに報告した。

「ふんっ」

そんな話には興味もないといった様子で、露寒軒は鼻を鳴らした。その後、

「柳沢家の当主か、北村季吟（きたむらきぎん）めについての記述はないのか」

と、鋭い声でおいちに問う。

「ありません、一切」

おいちが答えると、露寒軒は無言で読みかけの書物に目を戻した。

「ねえ、女中さんが辞めてしまったって、どういうこと？」

代わりに、俄然（がぜん）興味を示したのは、お菊である。

「あたしはもともと、次の女中さんが来るまでのつなぎとしてご奉公したの。だけど、次の人が辞めてしまって、奥方さまも困ってらっしゃるらしいわ。お美代さんとお初さんも、本郷へ遊びに行きたいけど、忙しくてとても無理だって」

「ねえ、その女中さんの仕事って、あんたでも務まったのよね」

お菊がおいちに目を向けて訊いた。おいちはむっとしながら、

「ご奉公っていっても、奥方さまの日記を清書するお仕事だったの。あたしでも務まったんじゃなくって、あたしでなきゃ務まらなかったのよ」

と、お菊に言い返した。

「あんたに務まるなら、あたしにだって務まるはずだわ。あたし、そのお屋敷に女中奉公に上がってもいいわよ」

お菊はおいちの発言などまったく耳にしていなかった様子で言う。

「はあ？　誰があんたにそんなことを頼んだのよ。柳沢さまの方だって、あんたじゃ願い下げだっておっしゃるわ」

「どうしてよ。書の道なら、あたしも自信があるわ。小さい時からお師匠さんについていたし……」

「あんたは一度だって、お師匠さんから褒められたことないでしょ。大体、あたしが書いたお手本でお稽古するように、ってお師匠さんから言われた時、あんた、怒ってあたしのお手本、破いちゃったじゃないの」

ほとんど思い出すこともなかった真間村での出来事を思い出して、おいちはにわかに腹が立ってきた。

「そんなこと、あったかしらね」

お菊はとぼけている。

「昔はともかく、あたし、この春からしっかりお稽古したのよ。忌々（いまいま）しいけど、あんたの書いた字を見ながら、ちゃあんと練習したんだから」

威張ったふうに言うと、

「ちょっと、見てちょうだい」

お菊はまだ片付けられていなかったおいちの机までやって来て、筆を勝手に取った。

「何するのよ」と言い返しかけたおいちだが、お菊が手にしたその筆は、かつてお菊が詫びのためといって、おいちに贈ってくれたものであった。さすがに文句を言い出しかねて、おいちは黙り込む。

お菊はおいちの机の上から、下書き用の紙を引き寄せ、そこに少し考えてから、何かをさらさらと書いた。墨が乾くのも待たずに、おいちに差し出してくる。

「これ……」

お菊が書いたのは、一首の歌であった。真間村に暮らす者ならば、大人も子供も知っている歌――。


勝鹿の真間の井を見れば立ち平し　水汲ましけむ手児奈し思ほゆ

真間の井の前で、この歌を一緒に口ずさんだ男女は、決して離れることがない――その言い伝えも皆が知っている。

だが、おいちがかつて、颯太と一緒にこの歌を口ずさんだことを、お菊は知っているのだろうか。

そんなことを考えてしまったおいちは、お菊の筆跡を見るどころではなかった。

「あっ、お菊お姉さんの字、おいち姉さんにちょっと似てますね」

横から勝手にのぞき込んだ幸松が、感想を述べた。

「そうでしょう？　まあ、血筋ってやつかしらね。うちの家系は皆、字がうまいのよ」

お菊は幸松の言葉を褒め言葉と取って、得意になっている。おいちははっと我に返った。

改めてお菊の字を見ると、確かに前よりはかなり上達している。それでも、代筆で暮らしを立てている自分の筆跡と一緒にされるのは、腹に据えかねた。

「どこがあたしに似てるのよ。これは、ただ似せてるだけ。はねも払いもいい加減だし、変なふうにくねくねして、みっともない字よ」

つい口が滑って、思っている以上の辛辣な言葉が飛び出してきてしまう。お菊を相手にすると、いつもこうなってしまうのを、おいちは止められなかった。

「何ですって！」

お菊も柳眉を逆立てて、おいちを睨みつける。

「ええい、いい加減にせぬか。ここは、おぬしらの暮らしていた田舎ではないのだぞ」

ついに、露寒軒の雷が落ちた。

幸松が思わず肩をすくめる。

だが、昂奮しているおいちも、露寒軒の怒声にすっかり慣れたお菊も、表情一つ変えず、互いに睨み合い続けていた。

おいちに頼み込んだところで、柳沢家に口利きしてもらうのは無理だと悟ったのか、あるいは、おいちに頼むのが業腹なのか、お菊は露寒軒に頭を下げることに決めたようであった。

「どうか、先生からあたしを推挙してください」

「何ゆえ、わしがお前のために、そこまで労を取らねばならん」

露寒軒は柳沢家を相手に交渉するのが気に食わぬのか、なかなかうんとは言わない。それでも、お菊はあきらめず、毎日のように露寒軒に頼み込んでいる。

「露寒軒さまは忙しいの。あんたみたいに暇じゃないんだから、露寒軒さまを煩わせないでちょうだい」

おいちもまた、毎日のようにお菊の邪魔をする。

別にお菊が何をしようと関わりはないのだが、お菊が強引に何でもかんでも自分の思い通りに事を運んでしまうのが気に入らない。

（地主の家で大事に育てられて、お金に困ったこともなくて、村の若い衆からもちやほやされて――）

お菊は何でも持っている。それに引き換え、自分は――。そう考えると、どうも道理に合わないような気がしてしまうのだった。

（そう、お菊の持ってるものが何一つなくったたって、颯太さえいてくれれば、あたしもこんな気持ちにはならないと思うんだけど……）

お菊がやって来て以来、おいちはいらいらしてしまうのを、自分でもどうすることもできないのだった。

そして、美代からの文が届いて三日後のこと。

露寒軒宅に新たな客がやって来た。「ごめんください」と言う声は男のものである。

幸松が客の出迎えのため、いつものように立ち上がって玄関へ向かおうとした。すると、その時、

「ちょっと待って！」

奥の間にいたお菊が血相を変えてやって来ると、幸松の腕を取って引き留めたのである。

露寒軒とおいちも何事かと、顔を上げた。

「あの声は喜八だわ」

お菊は声を潜めて言った。

「じゃあ、お菊お姉さんをお迎えに来たんですね」

幸松が納得した様子でうなずく。

「違うわよ。喜八はあたしがここにいるなんて、知ってるはずないんだから」

お菊は相変わらず声を潜めて言う。それから、

「喜八が何を訊いても、あたしはここにはいないと言ってちょうだい。いいわね」

と、幸松に向かって一方的に命じた。

「おいち、あんたもちゃんと心得て、応対してちょうだいよ」

最後に、お菊の眼差しはおいちに向けられた。

「はあ？　なんで、あたしが……」

おいちは面倒なことは嫌だと言い返そうとしたが、その時にはもう、お菊の姿は消えていた。喜八がいる間、二階へ隠れているつもりらしく、階段を上ってゆく足音が聞こえてくる。

「おいち姉さん……」

どうしたらいいのか、という目を幸松から向けられて、おいちは溜息を漏らした。

「あたしが出るから、あんたはここにいてくれればいいわ」

おいちは幸松にそう言うと、自ら立ち上がって玄関へ出た。

生真面目な喜八は、戸を開けないで外で待っているようだ。勝手に戸を開けて入ってくるような客だったら、お菊と鉢合わせて、一悶着になっていただろう。

「どうぞ」

おいちは玄関の戸を開けた。案の定、外には大柄な喜八がのっそりとした様子で立っていた。

「やっぱり、喜八さん」

おいちが呟くように言うと、

「お菊お嬢さんはここにいるんだな?」

いきなり喜八が切羽詰まったような口ぶりになって、おいちに尋ねた。

「ちょ、ちょっと、どういうことよ。お、お菊はここになんて、いないわよ」

おいちは喜八の様子にたじろぎつつも、お菊から頼まれた通りの返事をした。

すぐには信じないだろうと思ったが、喜八は根が素直なのか、そのまま信じたらしい。

「そうか」

傍目（はため）で見ているのも気の毒になるくらい、喜八はその大きな肩を落として呟いた。

「それじゃ、これで」

と言うなり、喜八は踵（きびす）を返そうとする。これには、おいちの方が慌てた。

「ちょ、ちょっと待ってよ。いきなり来て、お菊がいないかって訊いて、理由も言わずに帰っちゃうって、どういうことよ。ちゃんと説明してちょうだい」

おいちが強い口ぶりで抗議すると、喜八は足を止めて振り返った。

「う、あ、ああ……」

煮え切らない返事が返ってくる。

「とにかく、ここにお菊がいると思ったのはどうしてなの」

「そりゃあ、おいちさんがいるから」

「そう当たりをつけて、ここを訪ねてきたのは分かるわよ。だけど、喜八さん、さっき妙に自信のある口ぶりで、お菊がここにいるって訊いたじゃないの」

「それは、おいちさんが『やっぱり、喜八さん』と言ったから」

「どういう意味よ」

「お菊お嬢さんが俺の声を聞き分けたのかと思ったんだ。おいちさんに聞き分けられるとは、思わなかったから――」

喜八がぼそぼそした声で言うのを聞くなり、

（しまった！）

と、おいちは内心で焦った。

確かに、おいちは声を聞いただけで、喜八だとは分からなかった。真間村にいた時も、それほど親しかったわけではない。だから、お菊がすぐにそれと気づいて、幸松を引き留めた時には驚いたのであった。

だが、まさかそれを打ち明けるわけにはいかないので、

「あたしにだって分かるわよ。だって、喜八さんの物言いって、何だかもっさりしていて、人と違うんだもの」

と、おいちは言った。言い方がきつくなってしまったが、喜八はおいちに非難がましい目を向けるでもなく、「そうか」と言うばかりである。

「とにかく上がってちょうだい。ここまで来たんだから、露寒軒さまにもご挨拶していくべきでしょう？」

おいちは喜八を家の中に上げた。おそらく玄関でのやり取りは、二階に身を潜めている

お菊の耳にも届いているだろう。お菊がさぞやきもきしているだろうと思うと、胸がせいせいする。

おいちにはもう一つ、目論見(もくろみ)があった。

お菊はいまだにどうして江戸へ出てきたのか、その理由をはっきりと説明しない。柳沢家へ奉公に行くと言い出したくらいだから、家に帰りたくない事情があるのだろうが、それを喜八から聞き出すことはできないか。

おいちは喜八を露寒軒のいる座敷へ案内し、台所にいるおさめにもそのことを知らせに行った。おさめは懐かしがり、茶を用意して座敷へやって来た。

「その節はどうも。こちらにはご迷惑をおかけしまして」

喜八はぼそぼそと挨拶し、露寒軒の前に頭を下げた。

「ふむ。おぬしはあの跳ね返り娘を捜しているという話じゃが……。どういうわけか」

露寒軒もどうやらお菊は不在ということで、話を進めるつもりらしい。

露寒軒までがお菊の言いなりかと思うと、おいちは腹立たしかった。しかし、露寒軒の問いかけには、喜八も本当のことをしゃべらざるを得まい。おいちは期待して喜八の口許を見つめた。

「お菊お嬢さんは……」

喜八は取りあえず言いかけたものの、勝手にしゃべってしまうことに気が咎(とが)めるのか、その後は唇を舐(な)めたり、唾(つば)を飲み込んだりしているだけで、なかなか先を続けようとしない。

「喜八さん。露寒軒さまはお菊にとって、危ういところを助けていただいた大恩人なのよ。その露寒軒さまが尋ねていらっしゃるのに、答えないのは礼儀知らずというものよ」

焦れたおいちから強い口ぶりで責められると、ついに喜八も観念したらしい。「それは、そのう」としばらく口ごもっていたが、ついに意を決したようにしゃべり出した。

「お菊お嬢さんは家出をしたんです。お嬢さんの兄さんが跡を取らずに寺へ入ることになって、そのう、お嬢さんが家を継ぐことになったんで――」

お菊の兄はもともと病弱だったから、その手の話は予期できぬことではなかったはずだ。

「それが、どうして家出ってことになるのよ。むしろ、知らない家にお嫁入りするより、家を継いだ方がよっぽど気楽じゃないの」

「それが……お菊お嬢さんの婿取りの話が上がってて」

「ああ、それは当たり前よね。もしかして、それが嫌で家出したっていうわけ？」

おいちが先走りして言うと、喜八はそうだとうなずく代わりにうな垂れた。

「なあに？　お菊ったら、婿取りのお相手がよっぽど嫌で……」

気軽な調子で言いかけたおいちは、その時、喜八が大きな体を縮こまらせるようにしている姿に目を留めた。

（えっ？　まさか――）

おさめの方に目を向けると、おさめは渋い顔つきで首を横に振ってみせた。

（やっぱり、お菊の婿に選ばれたのは、この喜八さん？）

おいちは喜八にどんな言葉をかければいいのか分からず、黙り込んだ。

「喜八さん」

優しい声で呼びかけたのは、おさめだった。

「あんたはお菊さんの身を案じて、捜し回ってるんですね。お菊さんのご実家からも頼まれたんでしょう？」

喜八はうな垂れたまま、首を小さく縦に動かしてみせる。

「けど、俺自身がそうしたいから」

喜八はそれだけは言わなければならないという様子で、顔をぱっと上げて言った。

「そんなことは分かってますよ。ねえ？」

おさめは同意を求めるように、おいちの方に目を向けた。その瞬間、おいちの心は決まっていた。

「そうよ。喜八さんの気持ちはちゃんと知ってる。お菊は莫迦だから、喜八さんのよさが分かってないのかもしれないけれど、そこんところはあたしに任せて。あたしがきっと、お菊を真間村に帰らせるから」

身を乗り出すようにしながら、おいちは力強く請け合った。

「えっ？　お菊お嬢さんを帰らせるって？」

わけが分からないといった様子で、喜八が首をかしげている。

その様子を見るなり、思わずといった様子で、おさめが吹き出した。その直後、幸松もこらえきれないといった様子で、忍び笑いを漏らす。

喜八はおさめを見、幸松を見、露寒軒の苦笑を見て、最後にもう一度、おいちに目を戻した。

おいちは、声には出さず、そっと二階に人差し指を立ててみせる。口に出して、お菊がいるとは一言も言っていない。

（そうよ。あたしは約束を破ってはいないわ）

そもそもお菊との約束を守らねばならない義理もないけれど――と、おいちはひそかに胸の中で呟いていた。

三

さすがの喜八も、はっきりと指で示されれば、お菊がここにいるということが理解できたらしい。だが、分かったからといって、二階に乗り込んでゆくような真似をするわけではなかった。それどころか、

「あのう。おいちさんに頼みがあるんだけども……」

と、遠慮がちな様子で言い出した。

「なあに。お菊を帰らせることの他に、頼みがあるっていうの？」

意外な気持ちで、おいちが問うと、

「おいちさんは代筆屋なんだろ？」

と、さらに意外なことを喜八は言い出した。

「そうだけど……」

「なら、俺も代筆を頼めるんだな」

「えっ、喜八さんが文を――？」

「ああ、お菊お嬢さんに渡してほしいんだ」

この時ばかりは、喜八は潔い物言いで、きっぱりと言い切った。

「わ、分かりました」

おいちは素直にうなずくと、慌てて下書き用の紙を用意し、筆を手に取る。

「それで、どんな内容の文を書けばいいんですか」

おいちが尋ねると、喜八はさほど考える様子もなく、すぐに口を開いた。

「俺はお菊お嬢さんの心に添わない形で婿入りする気はない、って書いてくれればいい」

「それだけでいいの？」

おいちが念を押して尋ねると、喜八は躊躇(ためら)う様子もなくうなずいた。

それだけなら、すぐに書ける。だが、本当にそれだけでいいのだろうか。喜八が本当にお菊に伝えたいこととは、もっと別の言葉であろうに……。

喜八のために何かできないかと思案した瞬間、おいちの脳裡(のうり)にぱっと明かりが点(とも)った。

「喜八さん」

　おいちは明るく弾むような声を出した。

「ここは歌占のお札を引くこともできます。露寒軒さまはそのお客を取っていらっしゃいますから。喜八さんもぜひ、お札を引いてください」

「歌占って、占いのことか」

　喜八は思いがけない話に、困惑したような声で言う。その途端、

「歌占はただの占いではない」

　露寒軒が鋭い声を発した。

「い、いや、俺はそのう……。そ、そうだ。俺は別に占ってほしいことなんか、特にないですから」

「いいえ、あるはずです」

　おいちは決めつけるように言った。

「だって、お菊のこと、心配なんでしょう。だったら、お菊が無事かどうか、それだけ考えながら、お札を引いたらいいじゃないの。露寒軒さまの歌占はよく当たるって、すごい評判なのよ」

　露寒軒が大きな咳ばらいをする。喜八の口から「お願いします」と言わせたいが、戸惑いを隠せないでいる喜八に、それは期待できないだろう。

「露寒軒さま、お願いします。喜八さんに歌占のお札を引かせてあげてください」

　おいちは喜八に代わって頭を下げた。

「そうか。まあ、そう言うのであれば、仕方あるまいが……」

露寒軒はまんざらでもなさそうな様子で、歌占に使う竹の筒を選び始めている。

「えっ、俺は……」

喜八が開きかけた口を封じるように、

「さ、喜八さん。露寒軒さまの前に出て、筒の中からお札を一枚引いてください」

おいちは有無を言わせぬ口調で言った。

「あ、ああ」

喜八はそれ以上逆らうこともできず、観念した様子で、露寒軒の前に膝を進めた。

「占いたいことを一心に思いながら、札を引くのじゃ」

露寒軒が厳(おごそ)かな声で言うと、喜八は顔を引き締め、ごくりと唾を飲み込んだ。そして、袖をまくって太くたくましい腕を筒の中に入れると、静かに目を閉じた。

喜八に限らず、歌占の客人たちは皆一様に、お札を引く時、目を閉じるものである。喜八の手は筒の中をさまよった後、一枚のお札を引いた。淡い青色の薄様(うすよう)だった。

「まずは、己の目で確かめるがよい」

露寒軒から言われ、喜八は自分でお札を開いた。しばらくの間、喜八はじっと紙に目を落としていた。

「何て書かれていたの?」

待ちきれなくなって、おいちは喜八に尋ねた。

喜八は答える代わりに、おいちにお札を差し出した。おいちが受け取って目を通すと、そこにおいち自身の筆跡で書かれていた歌は――。

名にし負はばいざ言問はむ都鳥　わが思ふ人はありやなしやと

おいちは声に出して、その歌を読み上げた。無論、自分で書いたのだから、見覚えはある。歌の意味も何となくは分かるのだが……。

「ほう。その歌を引いたか」

露寒軒が少し目を見開いて、喜八を見ながら呟いた。

「その歌は『伊勢物語』にもあるもので、作者は在原業平とされておる」

露寒軒の解説が始まった。喜八は無論、おいちもおさめも幸松も姿勢を正し、露寒軒の言葉に聞き入った。

「在原業平は、後に清和天皇の后となり、二条后と呼ばれる女人に恋していた。無論、女人が宮仕えする前の話じゃ。されど、その女人の一族から恋路を邪魔され、仲を引き裂かれてしまった。恋に破れた業平は京を離れて、東国へ行く決心をつけたのじゃ」

「東国って、今の江戸の辺りですよね」

幸松がおずおずと口を挟んで尋ねた。

「うむ。当時はまだ、この辺りには何もなかった。されど、隅田川はあった。下総まで来た業平は隅田川を舟で渡ろうとする。この時、白い鳥が水辺にいたため、渡し守にその名前を尋ねるのじゃ。すると、『都鳥』という答えが返ってくる。だが、都から来た業平はその鳥を知らなかった。そこで、この歌を詠むのじゃ。都鳥という名前を持っているのなら、都のことをよく知っているのだろう。私の想い人が都で無事に暮らしているのかどうか、それを教えておくれ、とな」

「まあまあ、何て胸を打つお話が、この歌の裏にはあるんでしょうねえ」

最初に口を開いたのは、おさめであった。

おさめは露寒軒の話にいたく感動したらしい。

「その想い人っていうのは、二条后のことだったんでしょうかねえ。強引に引き裂かれたっていうのに、それでも業平さんはその人の無事を確かめたかったんですねえ」

たとえ結ばれることはないと分かっていても——場合によっては二度と会えないかもしれない人でも、その人の無事を願わずにはいられない気持ち。それはおいちにもよく分かる。そして、この歌を引き当てた喜八にもきっと——。

「喜八さん、お菊への文に、さっきの言葉に添えて、この歌を書いたらどうかしら」

「えっ?」

おいちの提案に、喜八は思いがけないといった表情を浮かべた。

「だって、この歌、喜八さんの気持ちを本当によく表していると思うもの」

おいちが言うと、幸松が大きくうなずきながら、

「おいらもそう思います」

と、続けて言った。おさめも、うんうんとうなずいている。その時、

「まだ、わしはこの歌占の結果を告げておらぬぞ」

露寒軒が不機嫌そうな声を出した。

「あっ、そうだったわ」

おいちが慌てて言い、居住まいを正すと、皆も同じように姿勢を正した。

露寒軒は咳ばらいを一つしてから、おもむろに口を開く。

「業平はその後、都へ帰り、かつての想い人にも対面している。想い人は清和天皇の后となり、やがてお産みした皇子が陽成（ようぜい）天皇となられた。業平が出世したのは后の計らいとも言われておる。業平の想いは后に届き、后はそれに応（こた）えたということであろう」

「なるほどねえ。相手の想いに対して、そうやって報いることもあるんですねえ」

おさめがしみじみとした声で言い添えた。

「ま、お菊はそんなに偉くないんだから、別の報い方をしてくれるわよ」

口を開くと、つい意地の悪い物言いになってしまうが、そうなってくれたらいいと願う気持ちは、おいちにもある。決して、颯太を想う恋敵（こいがたき）が一人減るからという理由ではなく、お菊の従妹としての純粋な気持ちから――。

おいちは、喜八からの注文を受けて、文面の下書きをした。

「御身（おんみ）、望まぬ限り、我に婿入りの心無きに候ゆゑ、ご安心めされたく候。御身をいたく案じ候。くれぐれも御身大事にいたされたく候」

「こんな感じでいいかしら」

少し勝手に言葉を添えてしまったが、喜八は感心したような表情を浮かべ、「これでいい」と大きくうなずいた。

おいちはそれを露寒軒にも見せて許しを得た上で清書し、末尾に在原業平の歌を書き添えた。

その後、しっかり売りつけた歌占のお札と代筆のお代を、喜八から受け取ったおいちは、

「文はちゃんとお菊に渡しておくから心配しないで。それより、お菊に会っていかなくていいの？」

少し声を潜めて、最後にそう尋ねてみた。

「……いい」

一瞬寂しげな表情を浮かべたものの、きっぱりとした口ぶりで、喜八は言った。

お菊が望まないことはどんなことでも行わない――それが、喜八の信念なのかもしれない。そこまで徹底されると、かえって爽快な気分になるのが、おいちには不思議だった。

「道中、気をつけて」

枝に実をつけた梨の木の傍らで、喜八を見送ったおいちが、家の中へ戻ってくると、二

階から足音も高くお菊が階段を駆け下りてきた。

喜八が玄関を出て行く気配は、二階にも伝わっていたのだろう。お菊は喜八がいなくなるのを、今か今かと待ち構えていたらしい。

「ちょっと！」

お菊はおいちにつかみかからんばかりの勢いで言う。

「あんた、あたしのこと、喜八にしゃべっちゃったわね！」

「あたしからしゃべったんじゃないわ。喜八さんが気づいちゃったのよ。そもそもここを訪ねてきた時点で、喜八さんには知られていたって思うべきでしょ」

おいちはさばさばした口ぶりで言うと、「それより喜八さんから頼まれたものよ」と続け、懐に入れていた文をお菊に差し出した。

「な、なによ、こんなもん」

と言いながらも、お菊はひったくるようにして文を取ると、その場ですぐに開いた。

「何がご安心めされたく、よ。それに、これ、あんたが代筆したのね」

「そうよ。喜八さんから頼まれたから。あっ、字が上手になりたいんでしょ。だったら、それも手習いのお手本にしたら？」

おいちがわざと嫌味っぽく言うと、お菊はさらにきつい眼差しで、おいちを睨みつけた。

「そうね。そうさせていただくわ。だって、あたし、柳沢さまのお屋敷で、清書のお仕事をさせていただくんですもの」

お菊はおいちの前で、莫迦丁寧に文を折り畳むと、懐にしまい込んだ。

「そんなこと、何も決まってないでしょ。露寒軒さまだってご推挙するなんて、一言もおっしゃってないんだから」

おいちが言い返すと、お菊は眦を吊り上げるなり、無言で露寒軒のいる座敷へ向かっていった。

「ちょっと、何をするつもり？」

おいちも慌てて後を追う。

お菊は露寒軒の前に進み出るなり、手をついて頭を深々と下げた。

「先生、どうかお願いいたします。あたしは自分の生きる道を、自分で決めたいんです。このまま親の決めた人を婿に取るなんて、どうしても納得できません。でも、こうしてふらふらしているわけにもいかない。ですから、どうか、あたしを柳沢さまのお屋敷に女中として推挙してください」

お菊にしては、かなり真剣な様子で、しっかりとした物言いであった。

（お菊がこんなことを考えていたなんて……）

おいちには意外だった。だが、自分の生きる道を自分で決める、という考えは、まるで自分の頭で生み出したかのようによく理解できた。

「お前の意気込みは分かった。されど、親の許しもないまま、女中奉公の話など進めるわけにはいかん」

露寒軒もまた、お菊の真剣さを察したのだろう。いい加減に聞き流すことはなく、まっとうな言葉を返した。

「ならば、親が許せば、お引き受けくださいますか」

「それはかまわん。されど、お前の親はお前に婿を取らせたがっているのだろう？　説得できるのか」

「あたしが一人で帰っても、たぶん、言いくるめられてしまうだけだと思います。だから――」

お菊はそこまで言うと、不意に座敷の戸口に立ったまま、動けないでいたおいちを振り返った。

「あんたが一緒に帰って、あたしのために口添えしてよ」

さも当たり前のことだというように、お菊は告げた。

「な、何ですって！」

おいちは仰天のあまり、言葉も続かなかった。

「あたしはいわば、あんたの姉さんみたいなもんでしょ。妹が姉のために尽くすのは、当たり前のことよ」

「な、何で、あたしがあんたのために尽くさなきゃいけないのよ。今まで姉さんらしいことなんて、何一つしてこなかったくせに！」

「あら、ずいぶんな言いぐさね。家出娘のあんたがここにいるってこと、皆に黙っていてあげたっていうのに、それはないでしょう？」

お菊は、おいちの痛いところを確かについてくる。

「あんたがあたしのために口添えしてくれるなら、あたしもあんたがずっとここにいられるように、お祖父さんたちに口利きしてあげる」

お菊はさらに調子に乗って、そんなことまで言い出した。

「まあまあ、それはいいお話ですねえ」

その時、座敷の中から、のんびりした声が上がった。おさめが喜八に出した湯飲みを片付けていた手を止めて、にこにこしながらお菊を見ている。

「あたしも、おいちさんがこのままじゃいけないって思ってたんですよ。いつかはちゃんとお家の方にも知らせなくちゃいけないって。露寒軒さまのお立場ってものもあるし……」

そうですよね、とおさめは露寒軒の方に目を向けて、同意を求める。

露寒軒は口に出しては何も言わなかったが、無言でいるのは同意したも同じである。

（やっぱり、露寒軒さまもこのままじゃいけないって、思っていらっしゃったんだ……）

おいちとて、家出娘のまま露寒軒宅に住み続けるのがよいと思っているわけではない。

だが、真間村の祖父角左衛門に会うことを想像すると、それだけで気分が沈み込んだ。

亡き母のことを恥さらしと言い、母にもおいちにも母屋への出入りを許さなかった祖父。

母が病にかかっても、その態度を和らげることはなかった祖父。

その時のことを思い出すと、二度と会いたくないと思ってしまう。

「ほら、おさめさんもこう言っていらっしゃるし、あんたも一緒に真間村へ行ってくれるわよね」

お菊がのんきな口ぶりで言うのに対し、

「あたしは絶対に嫌よ！」

おいちは叩(たた)きつけるように言葉を返していた。

「おいちさん」

その時、おさめが立ち上がると、戸口に立ち尽くしたままのおいちの許へやって来た。

「味方がお菊さん一人じゃ心もとないんでしょう。あたしも一緒に行ったげるからさ。それならいいだろ？」

おいちの肩を抱くようにして、おさめは優しく言ってくれる。こんなふうに言われてしまうと、お菊に言い返した時のように、絶対嫌だと言い張ることもできなくなる。それでも、おいちはうなずくことができなかった。

その時、座敷の奥から、もったいぶった様子の重々しい声がした。

「ならば、わしも行ってやるとするか」

「ええっ、露寒軒さまが？」

おいちは思わず飛び上がりそうになる。

「なに、あの辺りは昔、旅で立ち寄ったこともある。老いたりとはいえ、旅歩きには慣れておるゆえ造作もないことじゃ」

「まあまあ、露寒軒さまがご一緒してくださるのなら、こんなに心強いことはありませんよ。ねえ、お菊さん、おいちさん？」

おさめがいつになく甲高い声を上げて、はしゃぐように言う。

「ええ、本当です！」

お菊はこれで女中奉公の話がまとまるとばかり、有頂天になっている。

「幸松も一緒に行ってくれるわよね。あたしの恩人なんだから、ちゃんとお祖父さんやお父さんに引き合わせなきゃ」

お菊が幸松も誘うと、「えっ、おいらもいいんですか」と、幸松も嬉しげな声を上げる。

これでは、まるで一家そろっての遠出の旅だ。はしゃぐお菊やおさめ、幸松を前に、おいちはもう言葉を返すこともできなかった。

四

間を置けば置くほど、真間村での喜八の立場が悪くなるだろう、というので、露寒軒とおさめは喜八が去った二日後に、真間村へ発つことを決めた。すっかり仲良くなったお菊と幸松は、手放しで喜んでいる。

（あたしは……いいんだろうか。颯太のいないあの村に、今さら戻るなんて……）

今の真間村に、何があるわけでもない。故郷へ帰ったからといって、何かが変わるわけでもない。

　おいちが口添えしたからといって、お菊の女中奉公の望みが叶うことはないだろう。叶うとすれば、露寒軒の口利きが功を奏した時だけのことだ。

（だったら、何もあたしが行かなくたって……）

　おいちはつい気持ちが臆病になってしまう。自分はこんな性質だったかと、自分でも不思議になるほど、真間村の家のことになると、おいちは気弱になった。

「そんな暗い顔をしないで。ちゃあんと、いい方に変わるはずだから」

　おさめが幾度となく気を遣って、おいちを励ましてくれる。

「おいらも楽しみだなあ。おいち姉さんの故郷って、『万葉集』の有名な歌が詠まれた土地なんですもんね」

　幸松もおいちの気を引き立てるように言うのだが、おいちの気はなかなか上向かなかった。

　それでも、二日後の朝がやって来ると、まだ暗いうちから、おさめと幸松に引っ張られるようにして、おいちも真間村へ向かうことになった。

　大川へ着いた頃には、渡し舟も行き来する頃合いになっていたので、舟に乗って川を渡る。渡り切った向こうは深川だった。江戸へ出て以来、深川までなら来たことがあるが、その先へ行ったことはない。

　露寒軒は古稀に近い齢とも思えぬ健脚で、他の四人にかまわず、ぐんぐん歩を進めてゆ

く。その速度について行くのはなかなか大変で、幸松などは息を切らしていた。それでも、弱音を吐かなかった幸松より先に、

「ちょ、ちょっと。あたし、もう無理。こんなに早足で歩いたのは……初めてだもの」

お菊が音を上げた。もう少しゆっくり進もうと言い出したお菊を、露寒軒が頭ごなしに叱りつける。

「この行軍は一体、誰のためのものと思っておるのじゃ！」

「こ、こうぐんって、何？」

息を切らせながら、お菊が他の者に問う。

「えっと、旦那さまはつまり、真間村へ行くのを出陣と同じに考えておられるんじゃないかと思います」

幸松は生真面目に答えながらも、お菊が怒り出すか、あきれ果てるのではないかと心配になったらしい。

「でも、それだけ旦那さまはお菊お姉さんの望みが叶うよう、真剣なんですよ」

と、慌てて言い添えた。お菊は少し考え込むように無言であったが、

「……そうね。確かにその通りだわ」

と、ややあってから、大きくうなずいた。

「先生が出陣の心意気でいらっしゃるなら、あたしが弱音を吐いてるわけにはいかないわ。だって、これはあたしのための戦なんだもの。えっと、何て言うんだっけ、一番に敵に切

りかかっていくこと――」

「先陣を切る、ですか？」

　お菊の言葉に目を丸くしながら、幸松が答える。

「そうそう、あたしが先陣を切らなくっちゃ！　先生、申し訳ありません。あたし、もう弱音を吐いたりしません。ここからは、あたしが先生を真間村へご案内いたします」

　お菊はそう言うなり、それまでのだらだら歩きはどこへやら、小走りになって露寒軒の後を追っていった。

「ふむ。その心意気は感心である。ならば、お前が先導するがよい」

　露寒軒がお菊に向かって言い、二人は足をそろえて歩き出した。おいちたちはその後からついて行く。

「あらまあ、わがまま放題のお嬢さんって思ってたけど、意外に骨があるじゃないか。ちょいと世間の物差しからずれてるせいか、露寒軒さまと気が合うみたいだし……」

　おさめがお菊の背中を見つめながら、少し声を潜めておいちに言う。

「初めは、露寒軒さまにも生意気な口を利いてましたけどね。やっぱり、危ういとこを助けてもらったから、露寒軒さまの前ではやけに素直みたい」

「おいちさんも素直になったらいいんじゃないかい？　露寒軒さまの前でも、お菊さんの前でもさ」

　おさめはそんなことを言う。おいちは驚いた。

「あたしはいつだって、露寒軒さまにもお菊にも遠慮しないで口を利いてます。これ以上ないほど素直なつもりなのに……」

どうして、おさめがそんなふうに言うのか不思議だった。もっと遠慮しろとか、お菊の悪口ばかり言うなとか言われるなら、納得もできるが……。

「まあ、分からないっていうんなら、今は無理に分かろうとしないでいいよ」

おさめはそんなことを言い、後はもうその話題には触れなかった。

一行は下総に入ってから、道沿いの茶屋で休みを取った。おさめの作ってきた弁当で腹ごしらえをし、一息ついてから、再び歩き出す。真間村へ到着したのは、もう昼の七つ（午後四時頃）も過ぎた夕方であった。

（梨の実が……もうほとんどついてない）

露寒軒宅の梨の木はやや遅かったが、真間村のはずれに立つ梨の木はあらかたの実が取り尽くされ、やや小ぶりの実がついているばかりであった。

（きっと、村の男の子たちに取り尽くされたんだわ）

それをもらった少女たちがいる。そう想像すると、胸が痛んだ。

（颯太――）

その梨の木は、かつて颯太がおいちのために実を取ってくれた木であり、突然姿を消した時に文をくくりつけていった木であった。

目は自然にそちらへ吸い寄せられるが、見れば、息ができなくなるほどに胸が苦しい。

おいちは荒くなった息遣いを静め、あえて梨の木から目をそらした。それからは目を地面に落としたまま、おいちは歩いた。

途中で、村の人々と何人かすれ違った。お菊は当たり前のように挨拶を受けていたが、おいちは顔を上げることもできなかった。

やがて、村の人々に奇異な目で見られながらも、一行は名主角左衛門の家の前に到着した。

広い敷地の中にある藁葺（わらぶき）のがっしりとした母屋は、さすがに名主の家と思わせる造りである。

「あらまあ、立派なお家だこと」

「ほんとだあ……」

おさめと幸松は素直に感心している。露寒軒は感想こそ述べなかったが、興味深そうに名主の家を観察していた。

「さあ、行くわよ」

先陣の号令でもかけるような勢いで、お菊は言うなり、つとおいちのところまで駆け戻って来た。それから、いきなりおいちの腕を取った。

「ちょっと、何するのよ」

おいちは思わずお菊の手を振り払おうとする。お菊と腕を組んだことなど、これまでに一度もなかった。だが、お菊はおいちの腕を放さない。

「行くわよ、って言ったでしょ」

「行くって、どこへ？」

「母屋の中に決まってるじゃない。ちゃんと、あたしの味方してよね。あたしもちゃんとあんたのこと、守ってあげるから」

「守るって、あたしは別に、あんたなんかに守ってもらわなくたって……」

「何言ってるのよ。すぐに帰ってこい、って言われたらどうするの？　お祖父さんはそれを命じることができるのよ。そしたら、あんたの気持ちなんかおかまいなしに、適当な家へ嫁入りさせられる。それでいいの？」

お菊の口からはっきり言われたその内容は、うすうす想像できることではあったが、おいちをぞっとさせた。

「嫌よ。そんなの、嫌に決まってるでしょ！」

「だったら、あたしの気持ちだって分かるでしょ。あたしはあんたの気持ちが分かるから、味方してあげるの。いいこと、これは約束よ。決してお互いの足を掬（すく）うような真似はしない。いいわね」

「わ、分かった」

おいちは思わずうなずいてしまっていた。

お菊はおいちの腕を取ったまま、玄関に向かって歩き出した。おいちはお菊に引っ張られるまま、これまで一度も入ったことのない母屋へと足を踏み入れる。

（ここが母屋。母さんが生まれ育ったところ——）

おいちは何となく、足が宙に浮いているような心持ちで、母屋の中へ入っていった。

「お父さん、お母さん、菊が帰りました。おいちも一緒です」

お菊は、幾分顔が強張（こわば）っていたものの、恐れる様子もなく、中へ向かって声を張り上げた。自分のことまで言われたので、おいちは焦ったが、今さらどうすることもできない。

「何、お菊だと——」

中から慌ただしい物音と声がして、男が一人飛び出してきた。お菊の父の五郎兵衛（ごろべえ）である。

「お前、勝手なことをして！　どれだけ心配をしたと思ってるんだ」

「そのことは謝ります。だけど、あたしにも言いたいことが山ほどあるの。それから、おいちを連れ戻したわ。それと、おいちとあたしがお世話になった、本郷の戸田（とだ）露寒軒先生とそのお家の方々。お礼を申し述べてもらうのによい機会だから、こちらへお連れしたんです。それじゃあ、お客さまたちに上がっていただいていいですよね」

お菊は父親にも、その後から続いて出てきた母親にも口を差し挟ませず、言いたいことだけ言うと、露寒軒たちのために場所を空けた。

五郎兵衛がおいちの帰宅をどう思ったのかは分からない。ただ、次々に驚く話を聞かされて、露寒軒のことまで紹介されたため、そちらのことで頭がいっぱいになってしまったのだろう。

「これはこれは。本郷の戸田先生のことは、以前、娘をお助けいただいたこと、承っております。ささ、どうぞご遠慮なくお上がりくださいまし」

五郎兵衛は急に物言いをやわらげ、露寒軒に対して腰の低い態度を取った。おいちのことは意図的にか忘れているのか、すっかり無視している。

（伯父さんらしいわ）

家督を譲られてからも、いつだって、家の内外に大きな力を持つ角左衛門の言いなりだった。おいちたち母娘を角左衛門が許さないと言えば、五郎兵衛はそれに対して、何の異も唱えなかった。これまで一度として味方になってくれたことのない伯父に、おいちは親しみを覚えることができない。

「まずは、座敷の方へ。隠居からもご挨拶させていただきますので」

五郎兵衛は言い、大声で女中に手足を洗う盥の水を持ってくるよう指図している。

女中が慌ただしく仕度をしている間、お菊はずっとおいちの腕を放さなかった。

「もっと早く、こうしなきゃいけなかったのね……」

お菊がそれまでとは違って、低く聞き取りにくい声で呟くように言った。

（こうしなきゃ、って、何を言っているの？）

露寒軒たち恩人をここへ招くことか、それとも、おいちをここへ連れ戻すことか。あるいは――。

（まさか、あたしを母屋へ入れること？）

もっと早く――という言葉が指しているのは、そのことなのか。

（まさか、このお菊に限って――）

おいちの頭には、すぐに否定する言葉が浮かんだ。

（でも……）

おいちはふと、自分の腕に絡みついたままのお菊の腕に目をやった。

お菊の腕にほんの少し、力が加わったような気がした。

五

女中が用意してくれた盥の水で、手足を清める時には、さすがにお菊もおいちの腕を放した。それ以後はもう逃げることもあるまいと思うのか、腕を組んでこようとはしない。

おいちももはや心を決めていたので、露寒軒たちに続いて、案内された座敷へ赴いた。

そこには、すでに角左衛門が端座していた。角左衛門はじろりとお菊を見、それからおいちを見た。

いずれの娘を見ても、安堵の色が浮かぶこともなく、不機嫌そうな顔つきは変わらない。

だが、角左衛門の前に座を占めた露寒軒に目を向けた時には、不機嫌さは消えており、恭しい態度で頭を下げた。

「この度は、孫が世話をおかけいたしまして、申し訳ございませぬ。また、以前にもお助けいただいたことに対し、直にお礼を申し上げることもできませんでした。まずは、そのこと、衷心よりお詫び申し上げます」

「前のことについては、丁重なる礼状と礼物を本郷に届けてもらったゆえ、改めて言うに及ばず。して、この度のことは、こちらの娘たちが直に申したいことがあるようだから、そちらからお聞きになるがよかろう」

露寒軒は角左衛門の挨拶に対し、堂々とした態度で切り返した。

「直に申したいこと、ですと？」

角左衛門は顔を上げ、じろりとお菊を見た後、おいちに目を向けた。この品定めするような目で見られる時、おいちはすくみ上がるような気持ちになる。

だが、お菊は少しもひるんだ様子を見せなかった。

「あたしはお祖父さんの言いなりに、婿取りをして家を継ぐなんて嫌です。それよりも、やりたいことがあるんです」

「やりたいこと、じゃと？」

角左衛門の声に、不機嫌そうな響きが混じった。

「あたしは江戸のお武家さまのお屋敷に、女中奉公したいんです。ちゃんと当てもあります。それに、この戸田露寒軒先生が推挙すると、おっしゃってくださいました」

「何、先生がご推挙ですと？」

角左衛門は目を剝いて露寒軒を見た。露寒軒はおもむろにうなずいてみせる。

「うむ。川越藩主の江戸屋敷じゃが、ここなるおいちがまずは望まれて、半月ほど奉公をした経緯（いきさつ）がある。それゆえ、まあ、わしから口利きすれば、あちらも女中がいなくて困っている折ゆえ、受け容（い）れることになるじゃろう」

露寒軒がおいちの話題を口にした時、角左衛門の太い眉がわずかに動いた。が、おいちはずっとうつむき続けていたので、角左衛門の反応は分からない。

角左衛門はおいちに関しては何も言わず、

「嫁入り前の娘が屋敷へ奉公に上がることは、よくあることと聞きます。しかし、このお菊はこれまで勝手気ままに暮らしてきた身の上。人に世話してもらわねばならぬような娘が、奉公先でまともに働けるかどうか」

と、お菊のことに関してだけ、不安を口にした。

「まあ、誰かの世話をするような役目ではなく、ただの筆記係ゆえ、務まらなくはないであろう」

露寒軒は回りくどい言い方で返事をした。

「ほう。筆記係ですか」

角左衛門の口ぶりが少し変わった。そもそも、娘が武家屋敷へ奉公に出るのは名誉なことであり、娘自身にも箔（はく）が付く。悪い話ではないと踏んだのであろう。それでも、承知したとは言わず、

「して、お菊はその後、どうするつもりなのか。まさか、一生、武家奉公をして終わるつもりではあるまい」

と、お菊に目を戻して問うた。

「もちろんです。あたしは何もこの家を継ぐことや、婿取りをすることが嫌なんじゃありません。ただ、お祖父さんたちの言いなりになって、今すぐに婿取りさせられるのが嫌なだけですから」

お菊の遠慮のない物言いに、顔色を蒼くしたのは、父の五郎兵衛であった。

「お菊。何という身勝手な口を利くのだ。そもそも、お前が家を出て行ったお蔭で、私たちが何と言われていたか。名主の家は娘が居つかぬ家。あそこの娘は必ず家出を企てる、と——」

「五郎兵衛」

角左衛門の声が、鞭のように鋭く、五郎兵衛の言葉を遮った。

「今はお菊のこれからの話だ。お前がいずれ婿取りをすると約束するのならば、それまでの間、しばらくの行儀見習いとして奉公に出るのはかまわぬと、わしは思う」

「お父さん！」

今度は五郎兵衛が驚いた声を発した。

「それでよいのですか。大体、喜八の家に、もう話は通じてしまったというのに……」

「少しの間、待たせておけ。大体、あの家から文句を言われる筋合いではない」

角左衛門は尊大な物言いをした。喜八の家を端から見下しているのだろう。

五郎兵衛が「はあ」と力なくうなずくのを見届けると、角左衛門は再びお菊の方に向き

直り、

「長くても半年だ」

と、有無を言わせぬ言い方で命じた。

「……分かりました」

さすがにこれ以上、自分の言い分を押し通せば、せっかく許された女中奉公そのものが取り消されると踏んだのだろう。お菊は嬉しさと不服のないまぜになった表情ながらも、素直にうなずいた。

「では、これで話は終わりだな」

角左衛門は話を切り上げると、改まった様子で露寒軒に向き直った。

「戸田先生とお家の方々は、ぜひとも今晩はこちらにご逗留(とうりゅう)いただきたい。急なことゆえ、十分ではありませんが、心ばかりのおもてなしをさせていただきたく存じます」

「ふむ。それはありがたい申し出だが……」

露寒軒は顎鬚をいじりながら、ゆっくりと言った。

「まだ、何か」

角左衛門が不審げな声を上げる。

「わしは娘たちと申したはずじゃ。言い分を申したのは、まだお菊のみであろう」

露寒軒が答えると、その斜め後ろに座っていたおさめが、待ち構えていた様子で口を開いた。

「そうですよ、名主さま。ここにそろっているお嬢さん二人は、いずれも名主さまのお孫さまなんでしょう？　お菊さんの言い分をしっかり聞いてあげたのはいいとして、おいちさんのことだって、ちゃんと聞いてあげてくださいな」

おさめの口ぶりはいつになく真剣で、熱意のこもったものであった。

「いいのよ、おさめさん。あたしは別に何も言いたいことなんて――」

おいちは慌てて言い添えた。すでに顔は上げていたが、角左衛門の方にはあえて目を向けず、おさめの方だけを見て言う。

無理をしているのではない。それが本心だった。この狷介な祖父を前に、一体、何を言えばいいのか。言いたいことも文句もなかったわけではないが、それも母が生きているうちのことだ。

母が亡くなってしまった今、あの祖父に変わってほしいところなどない。

「ちっともよかありませんよ」

おさめは憤慨した口ぶりで言った。

「おいちさんもこの家を出てきた娘さんでしょう。その身を案じ、行方を捜すのが、身内ってもんだよ。お菊さんに対して、そうしたように――」

「無論、私どもとて、おいちの行方を捜さなかったわけではない」

角左衛門はおさめと違い、淡々とした冷静な口ぶりで語った。

「だったら、今、こうして無事に戻ったんだから、言わなきゃならないことがあるってもんでしょうが」

　おさめが声高(こわだか)に言うと、角左衛門はわざとらしく落ち着き払った様子でうなずいた。

「つまり、それはこういうことですな。おいちの身柄を引き取って、きちんとその処遇をつけてやれ、と。よろしい。おいちはすぐにここへ戻ってきなさい。これからの暮らしはしかと面倒を見る。よい嫁入り先も見つけてやろう。もう何も案ずることはない」

「何を言ってるんですか。まずは、おいちさんがこの家を出た理由について、尋ねるのが筋ってもんでしょう」

　おさめは立ち上がらんばかりの勢いになって言い募った。

「おいちは、母親を亡くしてすぐに、この村から出て行きました。母を喪(うしな)った心の痛手からそうしたんでしょう。その気持ちは聞かずとも分かる」

　角左衛門の物言いは憎らしいほどに落ち着いている。だが、今度はおさめが声を上げる前に、お菊が口を開いた。

「待ってください、お祖父さん」

「何じゃ」

　おさめを相手にしていた時とは違って、角左衛門の声が厳しさを増した。

「お鶴(つる)叔母さんが家出したのも、おいちやあたしが家出したのも、それぞれ理由は違うけど、この家に問題があるって、どうして気がつかないんですか」

「これ、お菊。お前は一体、何を言い出すのだ」

先ほどより顔を蒼くした五郎兵衛が、うろたえた声で娘を叱りつけた。

「お祖父さんはあたしたちの行く末を、勝手に決めようとしているんです」

「何を言うか。それはどこの家でも当たり前のことだ。娘の行く末を決めるのは、親の務めであろう」

「そういうことじゃないの」

いらいらした様子で、お菊が父親に言い返した。

「あたしたちにはあたしたちの心があるのに、お祖父さんはそれを一度だって聞いてくれたことがありますか。お鶴叔母さんの時だって、そうだったんでしょう？　お祖父さんが耳を傾けてくれる人だったら、お鶴叔母さんだって、家を出て行かなかったかもしれない。あたしにしたって、そうよ。今、こうして戸田先生の口添えがなければ、あたしの言い分に耳を傾けてくれた？　おいちは別に家出した理由なんて、お祖父さんに聞いてもらいたいと思ってないわよ。それより、お祖父さんの方から、おいちに言うべきことがあるんじゃないんですか！」

お菊の長広舌(ちょうこうぜつ)が終わった時、五郎兵衛はもう言い返すべき言葉を持たなかった。

お菊は一気にしゃべったせいか、少し息遣いが荒い。角左衛門はむっつりと不機嫌そうな顔つきで黙り込み続けている。しんと静まり返ったその場で、最初に口を開いたのは、露寒軒であった。

「いやはや、名主殿の孫娘たちはいずれも頑固者だが、名主殿はそれに輪をかけた頑固者のようじゃな」

露寒軒はいつもなら怒りを露(あらわ)にするところであろうが、この時は余裕のある冷静な口ぶりでしゃべり続けた。

「まあ、このおいちはすでに、己の手で暮らしを立てる術(すべ)を持っておる。今さら、ここへ戻って、暮らしの面倒を見てもらおうとは思っておらんじゃろう。ましてや、それが己の意志を無視した嫁入りと引き換えになるのであれば、なおさらな」

皮肉のこもったその言葉に対して、角左衛門は何も言わぬままであった。だが、その目はいつしか露寒軒の方もおいちの方も見てはおらず、わずかに下に向けられている。

「それゆえ、わしの方から改めて申し出させてもらおう。名主殿がこの娘を心の底から孫娘と受け容れぬのであれば、わしの養女にさせてもらってもよいと考えておる」

「な、何ですって！」

驚きの声を発したのは、お菊であった。

当のおいちはといえば、声も出ないほど驚愕(きょうがく)していた。捨てる神あれば拾う神あり、そんな言葉がふと浮かんだ。角左衛門のことは神などと思えないが、今、目の前にある露寒軒の大きな背中は本当に神さまのごとく思えてきて、おいちの胸は激しくわなないた。

「ご存じかどうか知らんが、戸田家はれっきとした武家である。石高は大したこともないが、わしの生家である旗本の渡辺(わたなべ)家とは親族である。血筋に不服を申し立てられる謂(いわ)れはないと思うが……」

「な、何をおっしゃいます。お武家の養女にだなんて、そんな不服など――」

五郎兵衛が慌てふためいた様子で、必死に言うが、それもしどろもどろになっている。おいちも何か言わねば、と思うのだが、どう言えばよいのか分からない。それ以前に、喉がからからに渇いて、声も出てこなかった。

露寒軒は周囲の反応にはまったく取り合わず、先を続けた。

「この娘が望むのであれば、戸田家の娘として嫁に出してもよい。されど、その場合、この娘とこの家とはいかなる縁もなきものと思ってもらいたい。我が家と縁続きだなどと吹聴されてもらっては困る」

露寒軒の言葉が終わっても、角左衛門の口は開かなかった。五郎兵衛はぱくぱく口を動かしているのだが、それが言葉になるより早く、

「お祖父さん！　何で黙っておられるんですか！」

お菊が叫ぶような調子で声を上げた。

「おいちを余所(よそ)の家に出すなんて、亡くなったお鶴叔母さんが許すはずないでしょう？　お祖父さんはお鶴叔母さんに済まなかったって思ってるのに……。毎日、あたしたちの見てないところで、お位牌に手を合わせていること、あたし、知ってるのよ。心の中では、お鶴叔母さんに謝っているんでしょう？　どうして、それをおいちに言ってやらないの？　お鶴叔母さんにはもう伝わらなくったって、おいちにならまだ間に合うっていうのに！」

お菊は叫び終えた時、肩で息をしていた。その様子を、目を細めて見つめながら、

「お菊さん、あんたは本当にいい子なんだねえ」

おさめは口許に笑みを湛えて言った。先ほど、角左衛門に食ってかかった時と違い、すっかり落ち着きを取り戻している。

「それをおいちさんに知らせてあげようと思って、おいちさんをここへ連れてきたんだね？」

「えっ？」

おいちは思わず声を上げて、おさめを見た。おさめが目くばせしてみせる。おいちは目をお菊の方に向けた。

お菊はおいちと目が合うなり、ぷいと横を向いて、

「べ、別に。そんなこと、あるわけないじゃない。あたしはすぐに婿取りさせられるのが嫌で、江戸へ行ったんであって、おいちを連れ戻すために行ったわけじゃないんだから」

と、まくしたてるように言う。

「はいはい。もちろん分かってますとも」

おさめがお菊をあやすような調子で言う。

「どうなのじゃ。あの生意気な孫娘に、ああまで言われて、なおも意地を張り続けるつもりか」

改めて露寒軒が角左衛門をまっすぐに見据えながら問うた。それまで眉一つ動かさなかった角左衛門は、この時、不意に身震いするように体を動かした。

それから、ふうっと大きな息を一つ吐いた後、

「いや、養女のお話はお断りいたします」

角左衛門は一語一語を区切るようにしながら言い、露寒軒に頭を下げた。

「おいちはお鶴の忘れ形見。お鶴を許しがたく思っていた気持ちも、お鶴の死後は和らぎました。お菊が言ったことも本当です」

露寒軒に告げた後、角左衛門は頭を上げると、おいちの方へ目を向けた。その目は決して笑ってはいなかったし、親しみが浮かんでいたわけでもない。おいちに対して済まなかったという謝罪の色も、決して見受けられるわけではなかった。

だが、これまでとは違う。そのことだけは、おいちにも分かる。値踏みするような底知れぬ冷たさが、祖父の目の中にはすでになかった。

「だが、おいち、お前はここへ戻ってくる気はないのだな」

「……はい」

おいちは緊張のあまり、かすれた声になりながらもうなずいた。

「ならば、戸田先生。改めてお願い申し上げる。もう一人の孫娘をお宅に置いて、導いてやってください。それから、おいち。戻りたいという気持ちになったら、ここへ戻ってくればよい。お鶴がそうしたようにな」

角左衛門は言った。

——お鶴がそうしたように。

おいちの胸の中に、その言葉が沁み込んでゆく。

そうだったのだ。母は、どれほど冷たい仕打ちをされたとしても、やはり、この故郷で暮らすのをよしとしたのだ。

それは、頑固さの裏側に隠されている角左衛門の本心を、実は分かっており、許していたからかもしれない。

そして、自分がまったく気づかなかったこの祖父の本心を、お菊が、露寒軒とおさめが、自分に知らしめてくれた。

「ああ、おいちさん」

おさめがおいちの脇までにじり寄ってくると、その肩を抱き締めた。

「これで、あんたにも帰るところができたんだよ」

嬉しくてたまらぬといった様子で言う声は、少し涙ぐんでいる。

「おさめさん……」

「これからもよろしくね、おいちさん」

「はい、あたしこそ」

おいちはおさめの肩に顔を埋めて、泣き出しそうになるのを必死にこらえねばならなかった。

六

おいちたち一行は、その日は角左衛門の家に泊まり、翌日、お菊と共に江戸へ戻ることになった。

この夜、おいちはかつて母と暮らした土蔵ではなく、初めて母屋で寝た。

(母さんは娘の頃、この母屋で寝起きしていたのよね。お菊みたいに――)

そう思うと、何だか不思議な心持ちがした。自分と母の姿が重なり、母とお菊の姿が重なる。

(今度のことは、母さんが計らってくれたの?)

この家の中に、おいちの居場所を作るために――。

そうかもしれない。だが、お菊や露寒軒、おさめの口添えがなければ、こうはならなかった。そして、角左衛門の胸の内に、亡き娘への想いがなければ――。

(お菊もお祖父さんも、まるで別人みたいだった)

人は変わるのだと思った。お菊たちだけではない。自分もまた、この一年で変わったと思う。

(そうでしょ、母さん。あたし、代筆屋をして、お銭をいただいてるのよ。真間村にいた頃からは信じられない。あたし、他人さまのお役に立ってるわよねえ。露寒軒さまは、あたしがそうやって功徳を積めば、いつかあたしの願いも叶うって……)

亡き母に向かって、そんな語りかけをしているうちに、おいちはいつしか眠ってしまった。

そして、その翌日の朝。

近所の人々が、急な客人を泊めることになった名主一家のため、あれやこれやと食材を運び入れる騒ぎで、おいちは目を覚ました。身支度を調(ととの)えて出て行くと、土間には野菜や果物がどっさり積まれている。おいちが見ている間にも、あれやこれやと挨拶に来る村人たちが、何人も出入りしていた。

お目当てはどうやら露寒軒らしく、本郷に暮らす身分の高い偉い先生だというので、一筆書いてもらおうなどと願い出る者などもいるようだ。おいちより早く居間に来ていた露寒軒は、まんざらでもない様子で筆など握っている。

（あらまあ、ありがたがってもらい受けているあの人たち、露寒軒さまの字が読めるのかしら）

おいちは笑いを噛み殺しながら、その様子を見ていた。

そうするうち、お菊が現れた。居間へ入ってくるなり、誰かを探すかのように、その場の人々をさっと見回している。おいちと目が合うと、たちまち不機嫌そうな顔になり、ふんっと横を向いた。おいちもむっとして目をそらす。

（そういえば、喜八さんは？）

これだけ村の人々がやって来ているのだから、喜八がお菊の帰宅を知らないということはないだろう。他の誰よりも早く、お菊の顔を見に駆けつけてよいところだ。仮にも、親同士が許婚と決めた間柄なのだから――。

（まあ、お菊は喜八さんを許婚とは思ってないでしょうけど……）

お菊は一通り目に入る者たちを見届けると、何やらいっそう不機嫌そうな顔つきになり、自分の席らしい場所まで歩いて、いささか行儀悪くどすんと座り込んだ。

（喜八さんがいないからかしら？）

喜八は昨晩のうちに、挨拶に来ることもなかった。

（お菊の見送りに来ないってこともないと思うけど……）

そう思いながら、おいちは土間を抜けて外へ出てみた。

喜八は戸口の外にいた。突っ立っている大柄な姿はすぐに目に入る。

「喜八さんじゃないの！」

「どうして、中に入らないのよ。あなたなら、お祖父さんだって伯父さんだって、誰より手厚く迎えるでしょうに……」

おいちは喜八に駆け寄るなり、早口に尋ねた。

「……お菊お嬢さんもいるんだろ」

喜八はぼそぼそした声で訊き返す。

「当たり前でしょ。お菊なしに、あたしたちがここまで来るはずないじゃないの」

おいちは喜八を連れて、母屋の中へ戻ろうと踵を返しかけた。が、喜八は動き出す気配を見せない。

「どうして来ないの？　お菊に声をかけるのが筋でしょう？」

「けど……」

喜八はまたぼそぼそとした声で何かを言いかける。おいちはもう聞く耳を持たなかった。

「ああ、もうそれならここにいて！」

喜八を中に入れるより、お菊を連れ出した方が早い。あの様子では朝餉(あさげ)にはまだ間があるだろうし、親や村の人たちの目のないところの方が、喜八も話しやすいだろう。

おいちは急ぎ足で中へ戻るなり、お菊の許へつかつか歩み寄った。

「あたしと一緒に、来てちょうだい」

お菊の横に膝だけついて言うと、お菊は露骨に不快そうな表情を見せた。

「何で、あんたと一緒に行かなきゃならないわけ？」

その時、お菊の傍らにいた角左衛門が二人に目を向け、

「行ってやりなさい」

と、低い声で短くお菊に命じた。

「もう――」

お菊は文句を言いながらも、祖父の言葉には逆らわず、わざとゆっくり立ち上がる。そのお菊の袖を引いて、おいちは外へ連れ出した。

お菊の姿を見るなり、喜八がぱっと顔を上げ、その場に硬直したようになる。

「喜八さんが、あんたにお話があるんだって」

おいちはそう言うなり、お菊を喜八の方へ押し出した。

「こんなところで話していないで、向こうの静かなところへ行ったら？」

おいちがそう勧めると、

「何で、いちいち、あんたに指図されなきゃいけないのよ」

お菊は憎まれ口を叩きながらも、「行くわよ」と喜八を引き連れて、人気のない土蔵の方に向かって歩き出した。喜八が従者のような格好で、その後に従ってゆく。

「あたしに何か、渡したいものがあるなら、もらってあげてもいいわよ」

途中で足を止めると、お菊は前を向いたまま一方的に告げた。

「えっ、お、俺……」

喜八はもじもじして、その後を続けることができないでいる。

「何よ。無いっていうの？」

お菊がぱっと振り返るなり、喜八を睨みつけるようにした。

「いや……」

「あんた、今年の分、まだあたしにくれてないじゃないの」

お菊はさも当たり前だという様子で、右手を前に差し出した。

「覚えててくれたんですか」

喜八はにわかに嬉しそうな表情になると、袂に入れていたものを取り出した。それは、大きな黄金色の梨の実であった。

「覚えてるも何も。あんた、あたしが三つの時からずっとくれてたじゃないの。当たり前のことが当たり前じゃないと、何だか気持ち悪いのよね」

喜八が手にのせてくれた大きな梨の実を、お菊はじっと見つめながら言った。口の利き方は相変わらずの憎らしさだが、その目は明るく、表情には得意げな華やぎがある。

おいちは母屋の戸口のところから、二人のそのやり取りをずっと見つめていた。


露寒軒宅の一行は、角左衛門の家で朝餉を終えると、江戸へ向けて発つことになった。

「孫たちをよろしくお願い申し上げます」

角左衛門の丁重な挨拶を受け、露寒軒もおもむろに「相分かった」と応じている。

お菊は父母から、あれやこれやと言葉をかけられ、とうてい持ちきれない風呂敷包みを渡されそうになっていたが、

「これを、あたしに持っていけって言うの？」

お菊は口をとがらせて抗議した。

「だったら、喜八に持っていってもらおう」

お菊の父の五郎兵衛が、さも当たり前のように言う。

「もう。それならまた別の日に、改めて喜八に届けさせてちょうだい。奉公が決まったら、入り用のものだって出てくるんだから――」

お菊はそう言い返して、結局、風呂敷包みはすべて断ってしまった。

（相変わらず、わがままなんだから）

傍で聞きながら、おいちは思わず苦笑を浮かべたが、そんなお菊の姿を見ても、苛立(いらだ)ちは覚えなかった。

お菊に対し、素直な感謝の気持ちを持つことはまだできない。だが、お菊のことを「いい子」だと言ったおさめの言葉に、真っ向から反対するほどの気持ちはもう持たなかった。

やがて、全員の身支度が調うと、一行は角左衛門の家を出立した。それから、いくらも行かぬうちに、

「この近くには、真間手児奈(ままのてこな)にゆかりの場所があるのですよね。おいら、そこに行ってみたいです」

と、幸松が目を輝かせながら言い出した。昨日は到着してすぐに日が暮れてしまい、出かける暇もなかったのである。

「ふむ。それは、真間の井のことじゃな」

露寒軒も幸松の考えに異存はなさそうだった。

真間手児奈にまつわる真間の井は、弘法寺(ぐほうじ)の隣の瓶井坊(かめいぼう)にある。おいちにとって、颯太との思い出が宿る大事な場所だ。

だが、そこへ行けば、間違いなくつらい気持ちが呼び覚まされる。そんなおいちの躊躇(ためら)いを察したように、

「でも、おいちさんやお菊さんにとっては、見慣れたところなんじゃありませんか」

と、おさめが露寒軒に聞かせるように言い出した。

思い出がつらいのなら、無理して行かなくてもいいと言ってくれるのであろう。

「ふむ。それもよかろう。お前たちがいたところで、このわしよりも意義のある話ができるとも思えぬ」

露寒軒もそれに賛同しかけたが、

「いえ、あたし、行きます」

おいちは慌てて言った。行けば胸は痛むだろうが、ここを通り過ぎてしまうのはもっと嫌だ。

「なら、あたしも行くわ。しばらく見納めになるんだし……」

お菊も言い出し、結局、五人はそろって真間の井へ向かった。

——なら、その歌を教えてくれ。一緒に歌おう。俺も本気だ。

真間の井を前に、颯太の口にした言葉が耳許によみがえってくる。

おいちの胸は我知らず高鳴った。同時に、どうしようもない寂しさが襲いかかってくる。

（苦しい……）

ふと目をそらして横を見ると、瓶井坊の敷地の傍らに小さな池があった。

きちんと手入れされているふうでもなく、水は少し濁っており、近くの木の枝が池の方へ張り出している。

一つ息を吐いて、再び歩み出そうとしたその時、おいちの目の端に何か動くものの姿が映った。

「あら」

一瞬遅れて、お菊の声がした。お菊もおいちと同じく、池の方を見ていたらしい。

「鳥がいるわ」

お菊が呟き、そちらの方を指さした。確かに灰色っぽい色の鳥が水面に浮かんでいる。

お菊の声に足を止めた露寒軒たちも、同じ方を見ていた。

「あれは、鴛鴦(おしどり)じゃな。嘴(くちばし)の色からして、雌鳥(めどり)であろう」

ややあって、鳥の姿を見出した露寒軒が、おもむろに説明した。

「えっ、鴛鴦って、いつも夫婦(めおと)で一緒にいるっていうあの鳥ですか。でも、あの鳥は一羽ですよね」

幸松が意外そうな声を上げた。

「番(つがい)になるのはこれから冬にかけてのことじゃ。間もなく雄鳥(おとり)も北国から飛んできて、じきに派手な色の羽にはえかわるであろう」

「鴛鴦は、雄鳥の方が派手なんですか」

幸松は再び驚いた様子で訊き返したが、雌鳥があまり美しくないので、それ以上、見ていようとは思わなかったらしい。露寒軒と幸松は再び真間の井に向けて歩き出した。おさめも二人の後について、先へ行くようだ。

だが、おいちはなかなかその場から動き出せなかった。不思議なことに、お菊も歩き出そうとはしなかった。

しばらくの間、二人の娘たちは無言で、鴛鴦の雌鳥を見つめていたが、やがて、最初に口を開いたのはお菊であった。

「真間村の娘なら、ここへ好いた人と二人で来ることを、誰だって夢見るわ。なのに、あたし、誰かと二人きりでここへ来たことないのよ。このあたしがよ！」

お菊は鳥から目をそらさずに言った。もしかしたら、おいちと同様、あの一羽だけの雌鳥に自分の姿を重ね合わせているのかもしれない。

「誘ってくれる人はいたでしょ？」

「そりゃあいたわよ。両の手に余るほどね」

「ぜんぶ断ったわけね。喜八さんも気の毒に……」

おいちが呟くと、

「喜八はその中に入っていないわよ」

と、意外な返事が返ってきた。

「喜八は一度も、あたしを誘ったことなんてないの！」

「あら、そうだったの？」

おそらく誘っても断られると分かっていて、初めからあきらめていたのだろう。

（でも、もしかしたらお菊は――）

喜八に誘ってほしかったのではないか。誘われたところで断ったに違いないが、それでも誘ってほしい――そういう女心が、おいちにも分からなくはない。だが、あの鈍そうな喜八に分かるとはとうてい思えなかった。

喜八とお菊のことを考えていると、おいちはふさがっていた気分も晴れて、我知らず口許に笑みを湛えていた。

「あれ、お姉さんたち。まだここにいたんですか」

おいちにはほんのわずかにしか思えなかったが、幸松と露寒軒、おさめが早くも瓶井坊から戻ってきた。

「もう見てきたの？」

おいちが驚いて尋ねると、幸松はそうだとうなずいた。

「思っていたよりも小さくて、少し意外でした」

幸松は『万葉集』に詠まれる伝説の井戸だというので、もっと古めかしくてたいそうなものを想像していたらしい。

「真間の入り江を詠んだ歌があるから、そこも見に行きたいと思ってたんですけど、今は入り江なんてないそうですね。露寒軒さまに教えていただきました」

幸松は少し残念そうに言いながらも、真間の井を見ることができて満足した様子である。

「じゃあ、もう行きましょうか」

おいちは言い出した。

「おぬしらは真間の井を見なくてよいのか」

露寒軒の問いに、おいちはうなずき返す。

「はい。あたしはいいです。お菊はどうするの？」

「あたしもいいわ。おいちと一緒に見たって、意味ないし」

お菊はつんと顎をそらして言った。

「おいち姉さんと一緒じゃ、どうして意味がないんですか」

幸松が不思議そうな目を、お菊に向けて尋ねる。

「あんたはまだ、そんなことを知らなくてもいいの」

お菊は決めつけるように言うと、さっさと歩き出した。他の四人がその後を追う。

それから間もなく、一同は真間村のはずれまでやって来た。昨日真間村へ入る時、出迎えてくれた梨の木に、今日は見送られることになる。その時、

「よき名を思いついたぞ！」

「一体、どうなすったんです、露寒軒さま」

露寒軒が急に大きな声を上げた。

おさめが目を丸くして訊く。

「その梨の木を見て思いついた。辰巳屋の菓子の名じゃ」

「まあ、どんなお名前を？」

「『ありやなしや』じゃ」

露寒軒は得意げに胸を張って答えた。

「あっ、それは在原業平公のお歌から採ったものですね」

幸松が即座に続けた。

「さよう。梨という言葉は、ものが無いという意味の『無し』に通じるため、縁起がよくないとも言われる。それゆえ、梨の実を『有りの実』とも言うのじゃ。それを取って、『ありやなしや』とする」

「ついでに、在原業平公のお歌を知っている人なら、それが離れ離れの人を想う歌だってことにも気づいてくれますものね」

「離れ離れの人を想う――」

おいちは幸松の言葉を思わずくり返していた。

離れている大事な人が、無事でいるのかいないのか。その想いをこめた歌――。

人を慈しむ心がこもったよい言葉だ、とおいちは思った。

自分が颯太に想いを馳せるように、露寒軒もまた、三河島に暮らす身内の身に想いを馳せているのではなかろうか。あるいは、昔、旅先で、遠い江戸に想いを馳せたことが、露寒軒の胸をよぎっているのかもしれない。

（露寒軒さま）

昨日、祖父角左衛門の前で、自分を養女にするとまで口にしてくれた露寒軒に、おいちは言い尽くせないほど感謝している。一方で、その優しさや思いやりを、身内でもない自分が受け続けていてよいのかとも思わずにはいられない。

本来、それは三河島の貞林尼やお凜や柚太郎が受けるべきものであるのに――。

だが、頑固な露寒軒に、それをそのまま伝えるのは逆効果である。

今はその言葉を持たぬまま、

「本当に、すてきな菓銘ですね」

とだけ、おいちは素直な気持ちで言った。

「そういえば、『ありやなしや』には、在原業平公の『あり』も入ってるんですね」

今気づいたというように、幸松が続けて言った。よくぞ気づいたとばかりに、露寒軒の顔がますます得意げになる。

「きっと、辰巳屋さんを背負って立つお菓子になりますよ、『ありやなしや』は――」

おさめの声も明るく弾んでいる。

「名にし負はばいざ言問はむ――」

おいちは梨の木に目を当てながら、しみじみと嚙み締めるように小さな声で、その歌を口ずさんだ。

第二話　七重八重

一

　秋も深まり、いよいよ高く冴え渡った青空を、時折、渡り鳥の群れが横切ってゆく。八丁堀にある甲斐庄家の門前まで来て、颯太はふと足を止めた。

　あれは雁であろうか。不思議なくらいきれいに列をなして、鳥は空を渡ってゆく。だが、しばらく眺め続けていると、一羽だけ少しずつ遅れてゆく鳥がいて、颯太は思わず息を止めていた。

（遅れるな。がんばれ！）

　声を上げて励ましてやりたくなる。知らず知らず颯太は両の拳を握り締めていた。

　すると、颯太の思いが通じたかのように、少し遅れた一羽の雁はどうにかこうにか、仲間たちに追いついたようだ。そのまま雁の群れは、遠い空の彼方へと飛び去り、しだいに小さくなっていった。

　颯太はそっと息を吐く。

（はぐれ鳥はあわれだものな。この俺のように……）

故郷の八千代村を出て以来、仲間と呼べるような者が自分にいただろうか。颯太は我が身を振り返ってみる。

本来ならば、死罪になっているはずの姉——名前も変え、ひっそりと人目につかぬように暮らしていかねばならない姉を持ったことは、颯太を用心深く、容易に人を信じぬ男にしていた。

（それでも、俺にだって、心を預けた者がいた）

人は一人では生きていけない。

姉の七重が重い秘密を背負いながらも、前を見て生きていくことができたのは、秘密を分かち持つ夫の佐三郎がいたからだ。

仲間はいなくてもいいと思う。ただ一人、心から信頼し、身構えることなく一緒に時を重ねられる人がいれば——。

だが、そのただ一人と思える少女とは、すでに離れ離れになってしまった。

颯太が甲斐庄正永のもとに身を寄せ、素性を隠して生きていく以上、二度と逢うことはできないだろう。

それでも、偶然に偶然が重なって、颯太は想い人の居所を知った。その娘——おいちは颯太を捜すため、江戸へ出てきたのだ。そのことを知った時は、胸が熱くなった。

颯太は甲斐庄正永の命により、旗本の高家筆頭大沢家とその縁者について調べている。大沢家の隠居である傳左衛門基賀にも近付き、学問の教えを乞いつつ、信頼を得た。

その傳左衛門の兄の一人は、戸田家へ養子に入った戸田茂睡(もすい)——露寒軒である。

歌人として著名なこの兄に、もし颯太が歌の教えを受けたいのであれば紹介しようとまで、傳左衛門は言ってくれた。露寒軒に近付くまたとない好機である。

今でもなお、おいちに歌を贈るという約束は、颯太の胸にしかと残っていた。歌を学びたいと傳左衛門に告げたのは、決して謀(はかりごと)のためだけではない。

颯太は少し露寒軒について調べた上、傳左衛門から紹介してもらう心づもりであった。

露寒軒は、正直者で心優しい傳左衛門と違い、狷介(けんかい)でいささか厄介な性格らしいが、

(なあに、相手は学者だ。学者を喜ばせるこつは分かっている)

傳左衛門を信頼させたのと同じやり口で、颯太は露寒軒を落とす自信があった。

しかし、その計画は頓挫(とんざ)した。

露寒軒の周辺を洗ううち、とんでもないことが判明したのである。

(どうして、おいちがここに?)

おいちは柳沢家で働いているのだとばかり思っていた颯太は、この露寒軒の家においちがいることに驚いた。さらに、調べていくうちに、おいちが颯太を捜すため真間村を出てきたこと、ここで代筆屋を営んでいることなどを知った。

(何だって、俺なんかのために——。家出までしたっていうのか)

確かに、真間村の家は、おいちにとって決して居心地のよいものではなかった。だが、少なくとも、名主の家に身を置いていれば、衣食には困らなかった。自分で働く必要もな

かったはずだ。

それなのに、若い娘がたった一人で頼る者もなく、江戸へ出てくるような無茶をするとは——。

愚かな真似をするなと叱りつけてやりたいが、そのようなことを言える立場でもない。

俺のことをそんなにも想っていてくれたのかと、手を握ってやりたいが、それももはや許されない。

おいちの今の姿を知った時、颯太の胸にあふれてきた想いは、言葉にはならなかった。嬉しいのか、悲しいのかも分からなかった。いや、そのようなたやすい言葉で語り尽くせるようなものではなかった。

ただ、一つだけはっきりしているのは、これまで決して表に出さず、必死に抑えていた想いが、この時、堰を切ってあふれ出したということであった。その奔流がどこへ向かってゆくのかは、颯太自身にも分からなかった。

無論、おいちの居所が分かったからといって、その前に姿を現したわけではない。

颯太は戸田露寒軒について調べるという、己の仕事を忘れたわけではなかった。

だが、露寒軒の弟子にしてもらうという計画は、おいちのために変更を余儀なくされた。

颯太は露寒軒には直に接することなく、外側から露寒軒について調べを進めた。露寒軒の歌占の客人たちに近付き、評判も聞いた。三河島にある露寒軒の娘夫婦の邸にも行き、青菜の棒手振りに化けて、その女中から戸田家のことについて聞き出したりもした。

その結果、颯太のもとに集まった中に、露寒軒が公儀に不服を抱いているといった類(たぐい)の内容は出てこなかった。

自分の考えや思想を、思うまま口にする性格のようだが、それでも露寒軒の口から公儀への不満を聞いたという者はいなかったのである。

あえて言うなら、柳沢保明(やすあきら)に目をかけられている幕府歌学方(かがくかた)の北村季吟と、往来で激しい応酬をしていたという話が、柳沢家の家臣たちの口からもたらされたが、その内容も歌に関することだったらしい。露寒軒が北村季吟を敵視しているのは間違いないが、それも歌人であるがゆえの競争心からのようだ。

おいちはこの北村季吟の推挙により、露寒軒の許(もと)から柳沢家の屋敷へ上がっていたのだという。颯太はその話を耳にして、おいちが柳沢家にいた事情にようやく理解が届いた。

それらのすべての話を総合して、

（まず、疑わしい点はないと報告していいだろうな）

と、颯太は判断した。

その結論には、それなりの自信もあった。

戸田露寒軒とその身内について書き記した覚え書きが、颯太の懐(ふところ)に収められている。それをきちんと清書して、すでに書き溜(た)めた報告と合わせれば、正永に進上できる。

颯太は遠く仰ぎ見ていた秋の空から、地上へ目を戻した。

渡り鳥たちの群れは、もうとっくに見えなくなっていた。

颯太は再び、小さく息を吐くと、甲斐庄家の屋敷の通用門に向かって歩き出した。

その時だった。颯太は何者かの気配を感じて、さっとすばやく振り返った。

（つけられていた？）

甲斐庄家で武芸を教えられ、隠密（おんみつ）の訓練を受けるうち、自然と身についた鋭い感覚が、颯太にそう教えてくれる。だが、颯太の動きに合わせて、相手も動きを止めたらしく、しばらく待っても動き出す気配は見せなかった。

（すでに逃げられたか、あるいは、こちらが動き出すまで動かぬつもりだな）

我慢比べか――と一瞬思ったが、相手は完全に気配を消している。颯太の力では、相手の居場所をつかむのは難しかった。

（一体、誰が――）

といって、颯太を敵と見る者はいないはずだ。露寒軒とその身内が、颯太の動きに気づいている様子はなかったし、気づいたとしても後をつけさせたりはしないだろう。それともとすれば、『土芥寇讎記（どかいこうしゅうき）』にあれこれ書かれた、脛（すね）に傷持つ大名家の手先か。それとも――。

（甲斐庄のお殿さまが、俺を見張っていなさる、か）

まさか、あり得ないことだ、と颯太は自分でその考えを打ち消した。

颯太たちは、甲斐庄正永にとって逃がしてはならぬ駒である。だから、初めの頃、屋敷を出れば何者かに見張られているような気配を感じることはあった。

だが、今ではもう、正永から信頼されているはずだ。今さら逃げ出すつもりもないし、それができないことはよく分かっている。

颯太は少し考えた末、ここは無視することに決めた。襲いかかってきそうな気配もないし、甲斐庄家の屋敷はすぐ目の前だ。

颯太は心を決めるとすぐに動き出し、さっと屋敷の通用門をくぐって中へ入った。通用門を中から閉める直前、そっと外の様子をうかがったが、尾行者らしい者が動き出す気配は感じられなかった。


颯太は自分の部屋に入ってから、懐の覚え書きを取り出すと、改めてきちんと書き直した。事前に清書していた紙の束の最後にそれをつけ、紙の端をきちんとそろえる。杉原紙(すぎはらがみ)の半紙十枚ほどの書き付けになった。

颯太はそれを手に抱えると、甲斐庄正永の部屋へ向かった。

屋敷に入った時、すれ違った用人から、正永が報告を待っていると急(せ)かされたばかりである。報告をまとめたら持参すると言っておいたから、すでに正永の方に知らせはいっているだろう。

「颯太です」

正永の部屋の戸の前でひざまずき、颯太は声をかけた。

こういう時の物言いがどうも不愛想に聞こえると、甲斐庄家の家臣たちや使用人たちからずいぶん注意された。が、颯太にはどこがそうなのか、よく分からなかった。結局、どう注意しても直らないだろうというので、最近ではあきらめられている。

「入れ」

中から、少しくぐもった正永の声が聞こえてきた。颯太は戸を開けて中へ入った。

部屋には正永一人しかいない。颯太が正永に呼ばれる時はいつもそうだったから、不審なところはない。

だが、何かがいつもと違う。この時、颯太はそう感じた。

部屋に足を踏み入れた瞬間から、何やらうなじの毛が逆立つような感覚があるのだ。

しかし、それを正永に対して口にすることはできなかった。颯太は何も言わず、正永の前に正座して頭を下げた。

「戸田茂睡とその身内についてまとめたものを、お持ちしました」

颯太がそう言って、手にしていた紙の束を差し出すと、正永は「うむ」と応じた。颯太は膝を前に進め、正永に書き付けを渡した。

正永はぱらぱらと紙をめくりながら、

「して、戸田茂睡について、お前はどう見ている？」

と、颯太に問うた。

「はい。あの一族がご公儀に対し、恨みを抱いている様子はありません」

颯太はきっぱりと言った。

正永は書き付けに落としていた目を上げると、

「それを判断するのはお前ではなく、この私だ。お前の考えを聞いたのだから、自分はこう思いますと述べるべきであろう」

と、いつになく厳しい声で言った。

「は、はい」

正永は大体において、颯太に寛容だった。作法や態度について、正永から直に注意を受けたことはあまりない。口の利き方について注意を受けたのも初めてであった。

「して、お前がそう考えた最大の理由は何か」

「戸田茂睡の弟である大沢傳左衛門は、旗本としての生涯に何の不足も抱かず、今も隠居暮らしを楽しんでおります。直に話を取り交わしましたので、まず間違いあり……いえ、間違いないと思います」

「して、戸田茂睡の方は?」

「こちらも、歌人として悠々自適の暮らしを送り、今は歌占などをしておりますが、これも暇つぶしの類と思われます。娘夫婦の暮らしぶりもさしたる問題はなく、これといって不足を抱く理由など……」

「戸田茂睡とも直に話を交わして確かめたのか」

不意に、正永は颯太の言葉を遮って尋ねた。

「……い、いえ」

颯太は目を落として答えた。

「では、戸田茂睡が何を考えているかなど、分かるはずもないではないか」

「しかし、周辺は当たりました。娘夫婦の屋敷の方にも——」

「私が最も疑いを抱いているのは、戸田茂睡だ」

断定するように、正永は言い放った。

「その最も怪しい人物を放り捨て、周りだけ固めても意味がない。お前が戸田茂睡に近付かなかった理由は何か」

「それは……」

おいちのことを、まさか正直に語るわけにはいかない。颯太が口ごもってしまうと、その様子を探るように見ていた正永は、鼻から息を抜いて口を開いた。

「お前が言わぬのであれば、私から言ってやろう。お前は戸田茂睡と心を合わせ、この私を騙(だま)そうとしているのだ」

正永は断言するように言った。それまで颯太が知る正永とは、別人のように冷淡な物言いである。

「そんなことありませんっ！　何を根拠にそんなことをおっしゃるのですか」

颯太は思わず腰を浮かしかけながら、激しく抗議した。

一方、正永の態度は異様なほど落ち着いている。その目の奥には、不穏な翳(かげ)がちらついていた。

「そう申すのならば、戸田茂睡と心を合わせてはいないのかもしれん。だが、戸田の家に住み込んでいる娘――あの娘は、お前の知り合いであろう」

「えっ……」

颯太の顔が一気に蒼ざめた。

戸田茂睡とのつながりを疑われたのも寝耳に水であったが、まさか、おいちのことが正永に漏れていたとは――。

(お殿さまは……やはり、俺のことを本心から信じていらしたわけじゃないんだ)

颯太に戸田家を探らせる一方で、颯太自身を手の者に見張らせていたのだ。

もちろん、どう勘ぐられようと、やましいことなど何一つない。

しかし、用心深い正永が疑うのに十分な材料ではあった。そして、今の自分がおいちとは関わっていないということを証し立てるのは難しい。

動揺と困惑が、颯太の表情に浮かび上がるのを、じっくりと見定めた後で、正永はおもむろに口を開いた。

「その娘、お前が暮らしていた村の娘というではないか。その娘は戸田茂睡に恩義があろう。その娘に頼まれて、戸田の秘密を隠そうとしたな」

颯太の反応を試すというより、疑いの色がいっそう強まった口ぶりで、正永は言った。

「そんなことは、しておりません!」

颯太はついに膝立ちになり、そう叫びながら、正永に詰め寄った。

その直後、奥の襖がさっと開かれた。

颯太が一瞬遅れて振り返ると、二人の侍の姿があった。無表情の男たちはあっという間に颯太に近付くと、左右からその腕をすばやくねじ上げてしまった。

「颯太よ。初めに申しつけたはずだ。この仕事は信頼が第一なのだ、と」

「お殿さま」

「お前が戸田茂睡に近付かなかった理由は納得できる。だが、お前はそれを正直に報告しなかったばかりか、勝手な判断を自分でくだそうとした」

「それは、ただ……」

ただ、おいちを巻き込みたくなかったからだ。

この窮屈な——弱みをつかまれているがゆえに、そして、大恩を受けているがゆえに、決して相手を裏切れず、相手の意のままになるしかない自分の人生に、おいちを巻き込みたくなかった。

おいちには、蜘蛛の巣に捕らわれた蝶ではなく、どこでも好きなところを飛んでゆける蝶でいてほしかった。ただ、それだけのことだ。

「残念だ、颯太」

正永の低い声が頭上から降り注がれた。

「お前はしばらく、この役目から外れてもらう。また、姉夫婦とは離れ、こちらの用意した部屋で謹慎せよ。窮屈だろうが、お前には見張りをつける」

正永の言葉に、颯太は言い返すことができなかった。その気力がすでに湧いてこない。

いずれにしても、自分は蜘蛛の巣に捕らわれた身なのだ。外出を許されようが禁じられようが、おいちの前に出て行けぬことに変わりはない。おいちと手を携え、同じ道を歩むことはもうできないのだ。

そう思ったら、もうどうでもよいような気分になった。

颯太は逆らわず、二人の男たちに腕をつかまれたまま、部屋の外へと引き立てられていった。

二

「颯太がお殿さまのご不興を買って、捕らわれているですって」

甲斐庄家の用人から告げられた時、七重は思わず声を上げてしまった。色白の顔は一瞬で蒼白になっていた。

「弟に会わせてください」

七重はすぐにそう願ったが、用人はできないの一点張りであった。

「お前たちを捕らえないのは、殿のせめてものご慈悲である。少しでも怪しいところがあれば、容赦はなさるまい。言動には注意することだ」

用人はそう言い捨てると、立ち去ってしまった。

「颯太が何をしたというんでしょう」

七重はすっかり取り乱していたが、一緒に話を聞いていた佐三郎はまだしも落ち着いていた。

「まずは、殿さまのご不興の内容を知る必要がある」

そう言うと、思案をめぐらすように黙り込んでいたが、ややあってから、立ち上がった。

「少し当てがある。お前は一人で勝手に動かぬよう」

佐三郎は部屋を出る前に、厳しい口ぶりで告げた。さすがは夫であって、思いつめた末に突き進んでしまう七重の性質をよく分かっている。大丈夫だ、というように、佐三郎は口許を少し緩めてみせた。

それにしても、颯太は何をして、甲斐庄正永の不興を買ったのだろう。佐三郎を待つ間、七重の頭は颯太のことから離れなかった。

一人で甲斐庄家を飛び出そうとしたのか。それとも、大事なお役目で失策でも犯したのか。それに対し、どんな処罰が下されるのだろう。

颯太が何をされようとも、騒ぎ立てる身内は自分たち夫婦しかいない。その上、佐三郎も七重も世間に素性を明かせぬ立場にある。甲斐庄正永にしてみれば、颯太を生かすも殺すも、思いのままなのであった。

じっとしていると、よくない想像が次々に浮かんで、七重の不安をかき立てる。ちょっと気分を変えるため、廊下の様子をうかがおうとした時、佐三郎のものらしい足音が近付いてきた。

七重が先に戸を開けると、やはり佐三郎であった。

「殿さまのお怒りの理由（わけ）が分かったぞ」

佐三郎は七重の前に座るなり言った。その顔つきはいつになく昂奮（こうふん）して見える。

「颯太は戸田というお家を探る最中、ある事情から手を抜いたらしい。また、その事情を隠していた。それを殿さまのご配下にかぎつけられ、殿さまを裏切ったと疑われているようだ」

「颯太はどうしてお役目に手を抜いたり、事情を伏せたりしたのでしょう。決していい加減な子ではありませんのに……」

七重は颯太を庇（かば）うような物言いをする。

「実は事情を聞いて、私も驚いたのだが、戸田の家に颯太の知り合いの娘がいたらしい。二人が直に会って話しているのを見た者はいないのだが、颯太がその娘にこっそり梨の実をやるのを見た者がいた」

「梨の実？」

七重は思わず声を上げていた。

佐三郎は七重の目を見つめながら、ゆっくりとうなずいた。真間村で暮らしていた二人には、大いに思い当たることがあった。

「颯太は娘が気づきそうな場所に、梨の実を置いただけで、姿は見せなかったらしい。目撃した者はわけが分からなかったようだが、その後、娘の言葉から、二人が恋仲らしいと知った。娘は颯太が近くに潜んでいると考え、語りかけるようにしゃべっていたそうだ」

「それは、おいちさんのことですね！」

七重はほとんど叫ぶように言っていた。蒼ざめていた頬が少し紅潮している。

「まず間違いあるまい。颯太はどこかに潜んで、おいちさんを見ていたんだろう。だが、その様子を、殿の配下の者に見られていたとは、さすがに気づかなかったようだ」

「でも、今の話で、どうして颯太がお殿さまを裏切ったことになるんでしょう。颯太はおいちさんに姿さえ見せていないのに……。ああ、どんなにおいちさんに声をかけたかったことか。颯太のつらい気持ちも知らないで」

七重の言葉は勢いづいてゆく。

「おい、よせ」

佐三郎が厳しい声で、七重の言葉を遮った。

「誰が聞いているか、分からないのだぞ」

少し低い声で佐三郎が言う。七重もはっとした表情になり、慌てて口をつぐんだが、その目に浮かんだ不満の色はなおも消えてはいなかった。

「でも、このままでは颯太があまりに哀れです。あの子はおいちさんを気にかけたかもしれないけれど、お役目を忘れたわけではないはずです」

七重が今度は小さな声で呟いた。

「うむ。先ほどは、手を抜いたと言ったが、というより、颯太は戸田の家に近付けなかったのだ。おいちさんのことを隠し立てしたりせず、殿さまに打ち明けていれば、こうはならなかったかもしれないが……」

「それは、あたしたちのことに、おいちさんを巻き込みたくなかったからでしょう」

「そうだろうな」

佐三郎もうなずいたが、その顔色は晴れなかった。

「しかし、殿さまから疑われたのは確かだ。その疑いを晴らさぬ限り、お許しはいただけないだろう」

「それなら、あたしからお殿さまに申し上げます。颯太とおいちさんがどういう間柄だったか、それをお話しすれば、納得していただけるはずだもの」

七重はきっぱりと言い切った。自分が説明すれば正永を納得させられぬはずがない、という自信に満ちた声であった。

だが、佐三郎は苦い顔をした。

「そうはなるまい。大体、殿さまはすでに二人の間柄はご存じだろう。その上で、颯太を疑っておられるのだ。つまり、おいちさんと結託して、戸田某(なにがし)を庇おうとしているのではないか、と」

「その戸田某というお方は、お殿さまの敵か何かなのですか」

七重は、佐三郎の話を単純に結びつけて考えた。

「そうではないだろうが、お殿さまにとって、何か疑わしいところのある者なのだろう」

「ならば、おいちさんはその戸田某に騙されているのかもしれません」

七重の考えは飛躍し、それならそれで、正永においちを助けてくれるよう頼まなければならないと言い出した。

「待ちなさい。事情もよく分からぬまま、下手なことを申し上げれば、颯太の立場をますます悪くするかもしれん。ここはしばらく様子を見ることにして、お前は勝手なことをしてはならない」

佐三郎は再び、七重に厳しく言い渡した。

「お前には思い込んだら、突き進んでしまうところがあるからな」

それは七重の長所でもあるが、悪く働くこともある――佐三郎はそう言って、七重を戒めた。

そのことは、七重も身に沁みてよく分かっている。

かつて、そうした七重の強い思いが、大きな事態を引き起こしたのだ。だから、七重もこの時は思いとどまった。

もしかしたら、颯太の謹慎は数日だけで、すぐにお許しが出るかもしれない。そんな望みも抱いていた。

だが、三日が過ぎても、五日が過ぎても、颯太は解き放たれなかった。

佐三郎も甲斐庄家の家臣や使用人たちに、事情を聞き回っていたが、新たに分かったことは何もない。

（こうなったら、直にお殿さまにお許しを請うしか——）

颯太の謹慎から五日後、七重は心を決めた。

おいちのことは何も言わず、ただひたすら颯太の釈放を願うつもりである。佐三郎に言えば、力を貸してくれるかもしれないが、七重は思いとどまった。

七重だけならば、女のすることと大目に見てもらえても、男の佐三郎が絡めば、変に勘ぐられることもある。

七重は一人で、甲斐庄正永の部屋へ向かうことにした。

（颯太、大丈夫よ。あんたのことは姉さんが助けてあげる）

廊下を進むうち、颯太の顔を思い浮かべながら、七重は何度もそう語りかけた。

口に出して言われたことはないが、頼りない姉と思われていたであろう。甲斐庄家に匿われる前、真間村に暮らしていた頃から、颯太には重荷を背負わせていた。

八千代村を出た時は、幼い弟の母代わりになるつもりであった。しかし、体の弱い夫の世話にかまけるうち、丈夫でしっかり者の弟は、いつでも後回しになってしまったのだ。

それでも、文句の一つも言わず、梨畑で働けるようになると、もくもくと七重の手伝いをしてくれた。

だから、そんな弟が同じ年頃の村の少女と親しくなった時、七重は嬉しくてならなかった。苦労を背負い込んでばかりだった弟も、人並みの喜びや幸せを味わえるのだ、と——。

少女と村の祭りに出かけた颯太が、帰ってきてから、困惑ぎみに告げた言葉は、今も忘れられない。

――姉ちゃん。俺、歌を作らなけりゃならなくなったんだ。どうしたらいい？

思い返せば、颯太が七重を頼ってくれたのは、その一度きりだったかもしれない。

――あたしも歌なんて作れないけど、うちの人なら、教えてくれるんじゃない？

そう言って、佐三郎に目を向けると、話を聞いていた佐三郎はにっこり笑いながらうなずいていた。それから、颯太は佐三郎に歌を習うようになり、二人の間の親しさも増していった。佐三郎にしても、力仕事のできない負い目を感じていただろうから、颯太の助けになれるのは嬉しかったはずなのだ。

だが、そうしたささやかな幸せは、一年半前、唐突に奪われてしまった。

（どうして、颯太やおいちさんが――）

それを奪われねばならないのか、という思いは、当時から七重の胸にあった。

自分や佐三郎はいい。それだけの理由が確かにあるし、覚悟もしている。

だが、若いあの二人が理不尽な目に遭っていい理由など、あるはずがない。

そう思うと、七重の胸は熱を帯びてきた。

（もしもお殿さまが、どうしても颯太を許さないとおっしゃるのなら――）

あたしの正体を世間にばらします、と正永に訴えてみようか。そうしたら、正永はどういう反応をするだろう。

できるはずのないことだ。そんなことをすれば、七重は死罪になる。だが、正永とてお家断絶の憂き目に遭う。家を守るためならば、正永は七重の望みを聞き入れてくれるのではないか。

七重の足取りはしだいに速くなり、ついにはもつれそうなほどになった。

（あたしはどうなってもいい。颯太とおいちさんが幸せになってくれるのなら――）

やがて、七重は正永の部屋の前に達した。息が整うのを少し待ち、それから、ゆっくりと取っ手に手をかける。

指先が小刻みに震えているのに気づき、七重は目をつむった。そして、一気に戸を開けようとした。

その時だった。

七重の手は自分の意志で動く前に、何者かによってつかまれていた。

誰かが近付いてくる気配などまったく感じられなかった。七重は急いで目を開け、手首をつかんでいる者を見上げた。

四十代くらいの背の高い男であった。

三

端正な顔立ちの男は、引き締まった体つきをして、脇差だけをさしていた。おそらく甲斐庄家の家臣なのだろうが、七重に見覚えはない。

口も利けないでいる七重に、男はまずここを去った方がよいと小声で告げた。穏やかそうな風貌に似合わず、その低い声には逆らうことを許さぬ強い力がこもっていた。

操られるようにして、七重がうなずくと、男はようやく七重の手を放した。それから、七重は男に促されるまま、ほとんど足音を立てずに進む男の後について行った。

正永と妻子たちが暮らす奥向きを出たところで、男はようやく足を止めた。そして、七重が追いつくのを待つと、

「まずは、話のできるところへ参ろう。あなた方のお部屋は使えるか」

と尋ねた。

おそらく、佐三郎は『土芥寇讎記』の清書など、正永から頼まれた仕事をしているだろう。そういう時、七重は間を襖で仕切った隣の部屋で、縫い物などをしていることが多いが、そこでは声が届いてしまう。

だが、颯太の部屋ならば、佐三郎の部屋まで声が届くことはないし、話もゆっくりとできると、七重は考えた。

「それは、かまいませんが……」

七重はそう答えながらも、この謎の男に対する警戒心を解けないでいた。

この男は「あなた方」と言った。この屋敷に、七重の身内がいることを知っているらしい。自分は相手のことを何も知らないのに、相手に知られているのは気分がよくなかった。

すると、それが伝わったのか、男はほんの少し口許を緩めた。

「私は怪しい者ではない。少なくとも颯太の味方だと思ってほしい」

「颯太をご存じなのですね」

「私は、颯太に武芸を教えていた。土門蔵人という」

男はこの時、初めてきちんと名乗った。

「では、颯太のお師匠さまだったのですね。これは、失礼をいたしました」

七重は改めて頭を下げた。

そう言われてみると、土門蔵人の立ち居振る舞いは、何か相当に訓練を積んだ人に特有の静けさがあった。無駄のない動き、体の重さを感じさせない足の運び、大柄ではないが引き締まって頑健そうな体つき。どれをとっても、蔵人が隠密の仕事をしていることをうかがわせた。

「あっ、あたしは……」

七重は自分が名乗っていないことに気づき、続けて名乗ろうとした。が、蔵人はそれを遮ると、

「颯太の姉君の七重殿、ご主人は佐三郎殿。前に颯太から聞いている」

と、先に言った。

「そうでしたか」

嘘は吐いていないようだ。七重は蔵人の話を聞いてみようという気になった。

「では、颯太の部屋へご案内いたします。今は誰も使っておりませんので」

蔵人は無言でうなずいた。

そこからは、七重が先に立ち、離れに続く廊下を渡ってゆく。

七重は仕事中の佐三郎には声をかけず、蔵人を颯太の部屋へ通した。

颯太の部屋はこの数日、人の出入りがなかったせいか、どことなく寒々とした気配が漂っている。七重は座布団を用意し、庭に面した障子を開けようとしたが、

「いや、障子は閉めたままの方がいいだろう」

と、蔵人は静かな物言いで制した。

七重は障子の取っ手から手を離し、昼間でも薄暗い部屋の中で、土門蔵人と名乗る男と向き合って座った。

「まずは、私の素性を話さねばなるまい。八百屋太郎兵衛(たろべえ)の娘、お七(しち)殿」

七重は蔵人の言葉を聞くなり、思わず逃げ出したい気持ちに駆られた。だが、蔵人の鋭い眼光からは、目をそらすことさえできなかった。

それまでの穏やかそうな風貌が一変して、苛烈(かれつ)な印象をまとっている。顔のつくりが変わったわけではないというのに、面の下から、新たな顔が出てきたようにさえ見えた。目つき一つだけで、これだけ別人のようになれる男を、七重は心の底から恐ろしく思った。

「そ、それを、どうして」

問う声は不思議なくらい震えてしまい、ほとんど言葉にならなかった。

「この屋敷のごく一部の者は知っている。無論、限られたわずかな者だけだが」

「で、でも、あたしたちをここへ連れてきた中間(ちゅうげん)の他には、誰も知らせていない、とお殿

さまはおっしゃっていたのに……」

　七重の舌はようやくいつものように動き出していたが、それでも、声が裏返ったようになるのを止めることはできなかった。

「まあ、聞きなさい。私は正確にいえば、甲斐庄正永さまの配下ではない。ご公儀の――それも、今は柳沢さまのご采配で動いている」

「柳沢さま？」

　その名が公儀の実力者であることは、七重も知っている。そして、甲斐庄正永が七重たちのことをどうしたらよいか、相談した相手であることも――。

　つまるところ、正永は自分一人で判断できず、柳沢という実力者に判断を委ねたのだ。七重たちが正永に匿われ、今も命をつないでいられるのは、この柳沢の判断のお蔭なのであった。

　その配下の隠密であれば、土門蔵人と名乗るこの男が七重の正体を知っていても不思議はない。いや、むしろ、この男によって見張られていたのかもしれない。

　そう思うと、蔵人への警戒心が、再び七重の中で強まってきた。

　そんな内心が伝わったのか、蔵人は目の力を緩めてみせた。すると、以前のような穏やかな風貌が徐々に戻ってきて、七重の緊張も少しばかり和らいだ。

「私は隠密としてもう二十年以上も働いてきた。隠密とは、本来の素性を隠して別の者になりすまし、探りを入れる者に近付かねばならぬ。私は、他ならぬ『土芥寇讎記』を作るため、各大名家の内情を探り続けてきた。諸国を渡り歩くうち、真間村に立ち寄ったこともある」

蔵人はそこまで一気に語ると、いったん口を閉ざした。

その時、目の奥に、わずかな翳(かげ)がよぎったように見えた。だが、確かめようとするより先に、蔵人は七重から目をそらした。

「それは……私どもが真間村へ行くよりも前のことでしょうか」

「もうずっと昔。十七、八年も前のことだ」

蔵人は目をそらしたまま、淡々と答えた。それは、初めの穏やかな風貌の蔵人とも、鋭い眼光で七重を震え上がらせた蔵人とも、また違う別人のようであった。

素性を隠して、別の者になりすますのが役目の隠密だと言われると、どれが本物の蔵人なのか、いや、蔵人という名前すら本物なのかどうか、七重には分からなくなる。

「別の人になりすますなんて、あたしには考えられません。それでは、誰かと夫婦になることもできないのですか」

その問いを投げかけた時、七重が思い浮かべていたのは颯太のことであった。

颯太はいずれ、この土門蔵人のような役目を負わされるのであろうか。別人になりすまして生きることを余儀なくされ、生涯、娶(めと)ることも許されぬのか。そうだとしたら、あまりに颯太が哀れであった。

「それは人による。ある一つの場所に根付いて、探りを入れる場合、そこで娶ることもある。子が生まれることも、本人がその土地で死ぬこともある。生まれた子を隠密にするかどうかは、その者次第だが……」

「そんなに気の長い話なのですか」

七重は驚いて間の抜けた問いを口にしたが、蔵人は当たり前だというようにうなずいた。

「大名家の内情を探るような場合、相手の懐の中に飛び込む必要がある。そのためには、何年、何十年、いや、世代を超えて、その家と深い結びつきを持たねばならないのだ」

「土門さまは、これまでどうだったのですか」

七重はふと思いついて尋ねてみた。

「どう、とは?」

「ご妻女を娶られたのかどうか、ということです」

「ああ、そのことか」

七重の問いが役目とは関わらぬことだったためか、蔵人は少し口許を緩めた。だが、微笑のように見えたそれは、七重が気づくより先に、一瞬で消え失せてしまった。

「妻を持ったことはある。土門蔵人としてではなく、別人としてだが……」

「それも、お役目のためだったのですか」

七重の声に、抑えようとしても抑えきれぬ憤りの思いがにじんだ。

役目が円滑に果たせるよう、探りを入れる相手に近しい女子を娶る——それは、純粋で一途な七重にはあまりにもひどい裏切りであるように思えた。

もちろん、そうしたつながりであっても、夫婦の間に情が通い合うことはあるのかもしれない。だが、蔵人のような男たちは、たとえそのまま死ぬことになっても、妻とした女性に自分の真実の姿を、最後まで話さないのではないだろうか。

「我々のすべてが、そういう魂胆で妻を持つわけではない」

蔵人は淡々と述べた。

「ただ、私は妻と娘を捨てた……。娶ったのは役目のためでなくとも、捨てたのは役目のためだ」

投げやりな物言いでもなければ、悲しみに沈んだ声でもなかった。

だからといって、蔵人が何も感じていないというわけではないだろう。忍びがたき思いを必死に抑え込んでいるのかもしれない。だが、七重は少なくとも、颯太を蔵人のような男にしたくないと思った。

「これで、私の話は終わりだ」

蔵人は話を打ち切るように言った。

「ちょっと待ってください。土門さまは、その後、ご妻女と娘さんとはお会いになっていないのですか」

七重はどうしてもそのことが気にかかり、余計な口出しだと思いながらも尋ねずにはいられなかった。

「私の素性を話したのは信頼してもらうためであって、あなたに心配してもらうためではない」

　そっけなく蔵人は言った。答える気はないということを、七重も察しないわけにはいかなかった。

「いずれにしても、今は颯太のことだ」

　蔵人からそう言われ、七重は再び、颯太の面影をよみがえらせた。

　そう、何としても、颯太を救い出さなくてはならない。それだけではなく、颯太をここから解き放ってやらなければならない。弟をもうこれ以上、七重の人生に巻き込むわけにはいかないのだ。

（ましてや、あのおいちさんが江戸にいると分かったのだから——）

　七重は改めて、蔵人の前に両手をついて頭を下げた。

「土門さま。あたしたち夫婦と弟には、頼る人がおりません。どうか、弟を助けていただけないでしょうか」

「私は初めからそのつもりだ」

　蔵人はきっぱりと言った。

「捕らわれている弟を許していただくのはもちろんですが、それだけではなく、あたしは弟をこのお屋敷の外へ出してやりたいのです」

　すかさず、七重は続けて言った。

「外へ出したいとは、つまり、甲斐庄家との縁を切るということか」

「あたしと夫は今のままでかまいません。こうなるだけのことを、これまでにしてきたのですし、その覚悟もできています。あたしは今、お殿さまのために何の働きもしていませんが、これからは少しでもお役に立てるよう働きたいと存じます。けれども、弟は……あたしがかつて犯した過ちとは何の関わりもありません。それなのに、自ら望みもしない仕事をさせられるのはあまりに哀れです」

七重は声を昂らせて訴えた。蔵人はいつしか腕組みをし、目を閉じて七重の言葉を聞いていたが、やがて目を開けると、

「あなたの気持ちは分かった。しかし、甲斐庄さまを脅すのはやめた方がいい」

と、七重に目をしっかりと当てて、おもむろに告げた。

「えっ」

「あなたは甲斐庄さまを脅すつもりだったのではないか。颯太を解き放たなければ、自分がお七であることを世間に明かしてやる、とでも言って」

「ど、どうして、それを――」

七重は本心を隠すこともできず、すっかりうろたえてしまった。

「あれだけ思いつめた顔をしていれば、おおかた分かる」

蔵人は何でもないことのように言う。

「甲斐庄家との縁を切らせるのは、それほどたやすくはあるまい。私も知恵をしぼってみるが……」

まずは三日ばかり暇がほしいと、蔵人は言い出した。七重にはそれが長いのか短いのか分からなかった。その間、自分が不安にならずに待てる、と言い切る自信も持てなかった。

「私が力を貸す以上、身勝手なことをされては困る。甲斐庄さまに物申すなど論外だ」

そう言った時、蔵人の眼力は、先ほど七重をお七と呼んだ時のように苛烈になっていた。射すくめられたように、七重は逆らえなくなる。

「わ、分かりました」

気圧(けお)された様子で、七重がうなずくと、蔵人はゆっくりと息を吐いてから続けた。

「ここで出方を誤れば、あなた方も颯太も消されることになりかねぬ。分かるな」

「あたしはこらえ性のない女ですが、弟と夫のためであれば、何としてもこらえます」

夫と颯太が消されるかもしれない——その言葉はさすがに、七重の心にずしりと重く響いた。

「三日後の夜、再びこの部屋で話そう。その時には、佐三郎殿も共に」

「分かりました」

七重は再び深々と頭を下げた。

「では」

蔵人はそう言って立ち上がる。その気配を察して、七重は顔を上げた。

だが、その時にはもう、蔵人の姿は影も形もなく、戸はすでに閉められていた。

四

それから三日後の夜五つ（午後八時）頃、七重は佐三郎と二人、颯太の部屋で土門蔵人を待っていた。

蔵人の話は、すでに佐三郎に伝えてある。佐三郎は蔵人の人となりは知らぬものの、名は耳にしたことがあるという。颯太の師匠であることも知っていた。

「土門殿の申し出はありがたいことだ。まずは土門殿を信じ、お話を聞いてみよう」

佐三郎は前向きに言った。蔵人にどこか警戒心と恐ろしさを抱いていた七重も、夫の言葉に後押しされてここにいる。

約束の夜、廊下を歩いてくる足音もさせずに、土門蔵人はいきなり戸の向こうに現れた。

「土門だ。失礼する」

「どうぞ、お入りください」

七重の声が終わるか終わらぬうちに、戸がすっと開けられた。

横に並んだ夫婦と向き合う形で、蔵人が座を占める。短い挨拶が終わるとすぐに、

「颯太の禁足を解いてもらうこと以上に大事なのは、あなた方と颯太の命を無事に保つことであろう」

と、蔵人は唐突に言った。

「命ですって！」

七重は思わず声を上げたが、佐三郎の方は緊張ぎみの顔つきでうなずいただけである。

「甲斐庄さまであれ、柳沢さまであれ、あなた方のことが世間に漏れるのは困る。それを避けるに最も確かなのは、七重殿を消すことだ」

蔵人は七重にじっと目を向けて告げた。先日のような苛烈な眼差(まなざ)しではなかったが、冷静な目の色をしていた。

七重は言葉を返すことができなかった。

「無論、七重殿が殺されれば、佐三郎殿と颯太が黙ってはいるまい。ならば、三人まとめて消すより他にないということになる」

「そんな……」

自分が消されると言われた時以上に、七重は衝撃を受けた。だが、佐三郎は蔵人と張り合うように冷静さを保っている。

「私たちが生かされているのは、殿さまや柳沢さまのご慈悲あってのものだ。あの方々がその必要なしとお考えになれば、私たちは消されても仕方あるまい」

七重を諭すように言いながら、佐三郎は自分自身にも言い聞かせているのであろう。淡々としてはいるが、よく聞けば、その声の端々(はしばし)には無念さがにじみ出ていた。

「とはいえ、あたしたちはともかく、颯太だけは助けなければ――」

七重が悲痛な声で言うと、佐三郎も重々しくうなずき返した。それを見届けると、

「そこで、私に一つ考えがある」

と、蔵人は切り出した。

「甲斐庄の殿さまが、いざという時、あなた方を消せばいいとお考えになるのは、この屋敷の外にあなた方の生死を気にかける者がいないからだ」

「それを逆手に取る、ということですか」

佐三郎が落ち着いた様子で訊き返す。蔵人はおもむろにうなずいた。

「まずは、あなた方がこの屋敷にいることを、外の者に認めてもらう。日を措かずに会い、姿が見えねばおかしいと感じる者を作るのだ。さすれば、甲斐庄さまは慎重にならざるを得まい」

淡々と告げられたその言葉が、頭に沁み込んでゆくにつれ、七重はその計画の重みを理解し、同時に恐ろしくなった。

「で、でも、あたしたちを消した後、その人をも殺してしまえばいいと、お考えになられたら――」

七重が震える声で問うと、蔵人は首を横に振った。

「まずあり得まい。無益な殺生であるだけでなく、殺しに殺しを重ねるのは、事が明るみに出る恐れを増すだけだ」

そこで、蔵人は「それに」と、少し声に力をこめて続けた。

「あなた方を気にかける者が、大勢であればあるほど、甲斐庄さまは手が出しにくくなる」

その蔵人の言葉を吟味するように、やや沈黙した後で、

「しかし、七重は人目を忍ぶ身の上です。急に人々とつながりを持てと言われても――」

佐三郎は眉のあたりを曇らせて訴えた。

「過去が明るみに出ることを気に病んでいるのなら、それは杞憂に過ぎぬ。今さら証を見つけることは無理だ」

蔵人の口ぶりにはまったく揺るぎがない。

「あたしは……むしろ、つながりを持てるかどうかの方が心配です」

七重は沈んだ口ぶりで呟くように言った。

「真間村で暮らしていた時のように、村の一か所に落ち着き、生業を持つ身であればつながりもできるでしょう。また、長屋暮らしでもご近所との付き合いがあります。けれど、この屋敷の中で暮らしながらでは……」

七重は途方に暮れた顔つきで、口をつぐんだ。佐三郎も難しい顔をしてうなずくだけである。

「確かに、赤の他人とつながりを持つのはたやすくない。だが、赤の他人でなければよいのだ」

自信ありげな蔵人の口ぶりは、思い当たる人物がいるようにも聞こえた。

七重の脳裡に、ふと生き別れた養母お絹の顔が浮かんだ。だが、一瞬後、慌ててその面影を振り払った。

（あまりにも危険すぎる）

そんな危ういことに、お絹を巻き込むわけにはいかない。

「土門殿には、心当たりでもおありなのですか」

佐三郎が切り込むように尋ねた。蔵人はさも自信ありげに言うが、この計画は一歩間違えば、七重の素性が割れ、その身を危険にさらすことにもなる。佐三郎の口調が厳しくなったのは、そのせいであった。

それでも、蔵人の余裕のある態度に変わりはなかった。おもむろにうなずき返すと、

「本郷の戸田茂睡殿」

と、蔵人は一語一語を嚙み締めるように告げた。

「本郷？」

かつてお七として暮らした土地の名を、七重は我知らず呟いていた。そちらに気を取られていて、戸田という人物の方はすぐに頭に入ってこなかったが、

「戸田某とは、颯太が探っていた旗本の親族ではありませぬか！」

佐三郎はすぐに気づいて、つい大きな声を出した。いつも物静かな夫の変わりように、七重は思わずどきりとした。ふだんは冷静で、七重の行動の歯止めとなる夫が、いざという時、思い切った度胸を見せることを、七重は知っていた。

火付けの罪で捕らわれ、死罪を甘んじて受けようとしていた七重に、名を捨て身を隠してでも生きようと言ったのは、佐三郎であった。甲斐庄正永の父正親の助けがあったから

できたことだが、佐三郎――いや、当時は吉三郎と名乗っていた想い人の説得がなければ、七重はこうして生きていなかったと思う。

その佐三郎があの時のように熱く、誠実に、七重と颯太のために尽くそうとしていた。

そこには、病がちで、日々の暮らしをあきらめがちに受け容れている男の翳は、もう見られなかった。

「戸田の家には、颯太の馴染みの娘がいたはずです！」

そこへ七重が顔を出すなどとんでもない、というふうに、佐三郎は言った。だが、

「だからこそ、戸田茂睡殿に七重殿を覚えてもらえるのではないか」

と、蔵人は相変わらず落ち着いた口ぶりで言う。

「あなた方は知らぬかもしれないが、戸田茂睡殿とはこの江戸でなかなか知られた人物なのだ」

蒼白な顔を並べている七重と佐三郎夫婦を前に、蔵人はゆっくりと説明した。

「歌詠みとしては、その作った歌が尊ばれ、待乳山に歌碑が作られるほど。また、養子に入った戸田家は小身だが、実家の渡辺家は名門だ。母方の実家――これが、我々が探りたい高家旗本の大沢家だが、この家は皇室とも縁がある名門中の名門。つまり、戸田茂睡といえば、誰もが知る著名な人物であり、その身に何かあれば、江戸に住まう文人たちが黙ってはいないというわけだ」

いつになく口数の多い蔵人の言葉に、じっと耳を傾けていた佐三郎は、蔵人が口を閉じ

た後もなお、その言葉を反芻するかのように考え込んでいた。

（佐三郎さま――）

もう自分一人の考えでは、どんな結論も下すことができないと思う七重には、ただ夫の考えだけが頼る縁である。佐三郎は考え深く、慎重であり、聡明だった。

自分はもう、夫の考えに従おうと、七重はひたすら佐三郎の口許を見つめた。

「戸田茂睡さまを選んだのは、戸田さまに対してだけは、甲斐庄の殿さまも柳沢さまも手を出せないからというわけですか」

ゆっくりと問いただす佐三郎の言葉に、

「出せるはずがない」

言葉短く、力強く、蔵人は答えた。

「戸田殿に名と顔を覚えてもらえば、七重殿の身は安泰だ。七重殿の消息が消えた時、戸田殿がおとなしくしているはずがない。なかなかに頑固で一徹者のお方なのでな。それを知る甲斐庄さまは七重殿には手出しをなさらぬ」

うーむと、佐三郎が先ほどよりは納得のいった様子でうなった。どうやら、この案を採ることになりそうだと、七重は見た。佐三郎がそのまま考え込むように無言を続けているので、七重は蔵人に向かって口を開いた。

「でも、颯太の馴染みの娘さんに会えば、いろいろ訊かれると思います。今、どうしているのか。颯太はどこにいるのかって。あたし、どう答えたらいいんですか」

「隠さずに、江戸の武家屋敷で奉公していると言えばいい。ただ、颯太とは途中で別れたと言いなさい。信じぬようであれば、その娘にだけ、颯太の身が危ういと知らせてやるのだ。颯太を助けたければ騒ぐな、と言えば、おとなしくなるだろう」

蔵人はまるでおいちの性分を知っているかのように、自信に満ちた物言いを崩さなかった。

「それよりも、どうやって七重殿が戸田家に足を運ぶか、ということだが……」

佐三郎がはっきりと承知しないうちから、蔵人はもう決まったことのように語り出した。

「まずは、買い物などと称して、七重殿にこの屋敷を出てもらう。とはいえ、今はその許しを得るのが難しい。これまで馴染みのある店で、誠実そうな手代か小僧に心当たりはないか。できれば、相手も七重殿のことを覚えていそうな者がいい」

突然、蔵人から問われて、七重ははたと考え込んだ。

「そう言われましても、これまでできるだけ人目に立たぬように振る舞っていましたし……」

同じ店には、何度も足を運ばないように、むしろ気を配っていたほどである。七重が思いめぐらしていると、

「お前、日本橋の紙屋には、二度ばかり足を運んだじゃないか」

と、横合いから佐三郎が口を挟んだ。こうして話に加わるとは、もう蔵人の案に同意したということであろう。

七重はそう承知し、佐三郎にうなずいた。

「小津屋さんのことですね」

大伝馬町の紙商小津屋には、確かに自分で足を運んだ。そして、二度とも同じ手代が相手をしてくれたことを、七重は思い出した。

「殿さまの御用で使う紙を、買い足しに行かせたのです。少しは気晴らしも必要だろうと、殿さまもお許しくださったので」

佐三郎が蔵人に説明する。

七重の脳裡に、小津屋の手代仁吉の面影がはっきりと浮かんだ。二度目に訪ねた時、仁吉は七重の顔も覚えていたし、前に買った紙の種類もすべて諳んじていた。

その後は、品物を屋敷へ届けてもらうことになったが、やって来たのは小僧であった。あれ以来、仁吉とは顔を合わせていないが……。

「そういえば、あの手代さん」

七重はふと思い出したといった表情で呟いた。

「お店のお嬢さんと祝言を挙げるというお話でした。その後、品物を届けてくれた小僧さんが、こっそり教えてくれたんですけど。もうお婿さんになっているかもしれないわ」

「それはいい」

即座に、蔵人は言った。

「その手代、いや、今は小津屋の婿なのかもしれんが、その男は七重殿の顔を覚えていると思うか」

「ええ。あたしに限らず、客の顔は忘れない習いなんでしょう。そのように見えました」

蔵人は七重から、仁吉の名前と風貌を聞き出すと、

「では、近々、その仁吉がここへ来るよう手を回しておこう。見本帖を持って売り込みに来たという手はずにするから、話を合わせてくれ。その上で、七重殿が小津屋へ出向かねばならぬよう、約束を取り付けさせる」

「あたしはそれを承知すればいいのですね」

と、初めから決まっていたことを口にするように、滑らかな口ぶりで言った。

「うむ。行き先がはっきりしていれば、お許しも出るだろう。無論、見張りの者はつくだろうが……」

「ですが、見張りの目を欺いて、小津屋さんから本郷へ行くのですよね？　それは、あたしには難しいと思います」

颯太のために何でもすると思いながらも、七重は困惑を隠せず、すぐには承知できなかった。

以前、本郷の代筆屋を訪ねようとした時、見張りの者に遮られたことがありありと思い出される。

「小津屋の裏口から駕籠で脱け出せばいい。そちらの手は打っておく」

追手をまくということは、蔵人のような立場の者にはめずらしくもないのだろう。その蔵人が手配してくれるのなら、抜かりはないだろうし、自分でもできそうな気がしてくる。

七重の気持ちが前向きに変わったのを敏感に感じ取ったらしく、佐三郎が七重にじっと目を向けて言った。

「これは、慎重に行えば必ずうまくいく。お前にできるか」

佐三郎の後押しが、七重の最後の不安を消した。夫が成功を約束してくれる以上、七重にもう迷いはない。

「はい」

七重は佐三郎と蔵人を交互に見ながら、しっかりとうなずいた。それを受けて、

「七重殿は戸田殿とおいちに、顔を見せることだけ考えればいい。一度、馴染みになってしまえば、訪ねてゆく口実が作りやすくなる」

蔵人が七重の緊張をほぐそうとするのか、やや力を抜いた声で言った。

七重はもう一度、うなずこうとした。が、この時、何かが引っかかった。

ただ、つかもうとする前に、それは霧消してしまい、七重は何やら腑に落ちない気分のまま、うなずき損ねてしまった。蔵人は七重の反応など大して気にしていない様子で、

「それでは、私の方で仕度をする。すべてが調ったらまた知らせよう」

きびきびと言った。

この夜の打ち合わせはこれで終わった。蔵人は七重たちより先に部屋を出て、闇に溶け込むように音もなく立ち去ってゆく。それからしばらく間を置いて、七重と佐三郎も自分たちの部屋へ戻った。

「戸田さまの名を出された時は、大胆すぎると思ったが、よくよく聞いてみれば実に緻密(ちみつ)に考えられたやり口だ」

佐三郎は蔵人の案に、大いに感銘を受けた様子であった。いつもより生き生きして見える佐三郎の様子に、七重は微笑(ほほえ)みを浮かべた。だが、いくら元気そうに見えても、佐三郎は体が弱い。七重は佐三郎のために羽織を用意し、それを着せかけた。

「それにしても、土門さまが颯太の師匠でよかったな。隠密という立場からすれば、私どもに味方してくれるなど、まずあり得ぬことだろうが……」

羽織の袖に手を通しながら、佐三郎がしみじみと言う。

その時、先ほどつかみ損ねた不可解な何かが、七重の胸で形を成した。

「そういえば」

七重は佐三郎の前に座り直し、首をかしげて問うた。

「あたしたち、おいちさんの名前を、土門さまの前で口にしたかしら」

「さて、どうだったか」

佐三郎も考えるふうな様子を見せたが、思い出せないようであった。

「あたし、一応、注意して出さないようにしたつもりだったんだけれど……。でも、土門さまは最後に、おいちさんの名を口にしていたわよねえ」

「事前に耳にしておられたのかもしれないぞ。戸田さまのことも、我々よりくわしくご存じであったし……」

「それは確かにそうね」

土門蔵人は颯太を救おうと、戸田茂睡やおいちのことを調べてくれていたのだ。知っていたのも当たり前である。

それだけのことなのだと、七重は思い込んだ。

蔵人がかつて妻子を捨てたという話がつと胸をよぎっていったが、それ以上、考えは先へ進まなかった。夫の羽織を着せかける途中だったことを思い出し、手を動かし始める。

秋も深まるにつれ、夜は冷え込むようになった。

（もうすぐ冬になるわ。佐三郎さんが寝込むことなく、乗り切れればいいけれど）

体の弱い夫の身を案じるうち、七重は蔵人へのかすかな違和感を忘れ去ってしまっていた。

五

七重は蔵人の計画通り、本郷梨の木坂にある戸田家の前で駕籠から降りた。

戸田茂睡こと露寒軒が、梨の木坂の家で歌占をやっていると聞いた時、まさかと思った。

歌占とは、前に兼康の前で引き札を配っていた少年から聞かされた言葉で、七重も覚えていた。もっとも、その家へ入ろうとして足止めを食らったため、歌占なるものをしてもらったことはない。その同じ家を、こうして再び訪れることになろうとは――。

しかも、そこには、颯太と想いを通わせていたおいちがいるという。

小津屋の婿となった元手代の仁吉を通し、七重が小津屋へ買い物に出る手はずはうまく調った。

「小津屋でございます。こちらの女中の七重さんから、ご贔屓にしていただいてまして」

蔵人から言い含められた通り、仁吉は八丁堀の甲斐庄家を訪ね、七重との対面を果たしてくれた。

その後、見本帖を取り出して、あれやこれやと品物の説明をすると、最後に言った。

「また近いうちに、大伝馬町の店の方へもお訪ねください。見本帖ではお見せしきれない種類の紙を、数々取りそろえておりますので」

「はい。それでは、また」

七重が応じると、

「近いうちと申されると、いつ頃になりましょうか」

仁吉はしつこく食い下がる様子を見せた。これも、蔵人から言い含められているのであろう。

「いえね、こう申し上げるのも恐れ入りますが、私も支配人の婿になって、多少の融通が利くようになりました。とはいえ、義父の手前、大口のお客さまをつかまえておきたいのですよ」

仁吉は商人の抜け目なさをのぞかせるふりをしながら言う。

「そうですか。それでは、三日の後にでも」

七重もまた、商人の熱意に負けたという体で答えた。

「三日の後でございますね。もしおいでがなければ、またこちらへお邪魔させていただきますので」

仁吉はそう言い置いて、甲斐庄家を去った。

このやり取りは、どこかで聞き耳を立てる者がおり、甲斐庄正永の耳にも入っていたに違いない。

七重が事情を話し、小津屋へ買い物に行きたいと申し出ると、渋々ながらも正永は承知した。無論、見張りの者はつけられた。

仁吉が訪ねてきてからきっかり三日後、七重は小津屋へ行き、店で仁吉と会った。

「さあさあ、今日は奥の座敷でゆっくりご説明させていただきます」

仁吉はにこやかに七重を出迎え、店の奥の部屋へ案内した。外からの目に触れぬ場所まで行くと、

「土門さまよりお聞きしています。すでに駕籠は裏口にご用意させていただきました」

と、仁吉は七重にそっとささやいた。

「何もかもお世話になってしまって」

七重が恐縮して頭を下げると、

「いえいえ、おいちさんと深いご縁のある方と、お聞きしておりますから」

仁吉はにこやかな笑顔を浮かべて言った。

「はあ？　若旦那さんはおいちさんをご存じなのですか」

「はい。お客さままでもあり、大恩あるお人でもあります。ああ、それから、私は若旦那ではありませんよ。この小津屋の旦那さまは伊勢の松坂におられますので。私は支配人の婿でございます」

仁吉はそう言ううちにも、七重を裏口の方へ案内する。その後ろを慌ててついて行きながら、仁吉がおいちにどんな恩を受けたのか聞きたいと思ったが、それより先に裏口へ出てしまった。

駕籠の前には、七重より少し年下と思われる美しい女がいた。

「それじゃあ、後は頼むよ」

仁吉が柔らかな口ぶりで言い、女が「はい、お前さま」と応じたところをみると、女は仁吉を婿に取ったという支配人の娘なのだろう。

二人が言葉を交わしたのは、ただそれだけだった。仁吉は七重に頭を下げるとすぐに、店先へ戻ってしまったのだが、若い夫婦の間に通い合う情の深さは七重にも伝わってきた。

それは、たいそう懐かしく感じられると同時に、ひどく遠いもののような気もした。

遠いと感じるのは、そうした絆が佐三郎との間に失せてしまったからではない。颯太とおいちの間柄がそうあってほしいと思うのに、それ以前に二人の絆が切れてしまったせいであった。

（あたしが切ってしまったのだから、あたしがもう一度、結び合わせてあげなければいけない）

七重は仁吉夫婦のありようを目の前にして、改めてそう思いつめた。

「お気をつけて」

仁吉の妻に見送られて、七重は駕籠に乗り本郷へ向かった。

行き先はすでに小津屋で教えられていたのだろう。七重は何も言わないでも目的の場所へ行き着くことができた。

そして、駕籠から降り立ったその時、七重はそこがかつて来たことのある場所だと悟ったのであった。

あの日見た梨の木も、変わらずにそこにあった。ただ、もう実をつけてはおらず、葉もずいぶんと落ちており、季節の移ったことを感じさせる。

七重夫婦と颯太が真間村を去って、もう一年半になろうとしていた。

（もうこれ以上、颯太とおいちさんを離れ離れのままにしておくわけにはいかない）

七重は心を奮い立たせると、露寒軒宅の玄関先まで行き、「ごめんください」と声をかけた。

「はい」

素直そうな少年の声が応じ、少し経つと、玄関の戸が中から開けられた。

「いらっしゃいませ」

元気よく挨拶した少年は、七重の顔を見ると、

「あっ、お姉さん。来てくださったんですね」

と、たちまち笑顔を浮かべて言った。

間違いなく、兼康の前で引き札を配っていた少年だった。

「まあ、ずいぶん前のことだのに、覚えていてくれたの？」

七重が驚いて尋ねると、

「そりゃあ覚えていますよ。だって、お姉さん、とてもきれいですもの」

と、年の頃に似合わぬませたことを言う。

だが、悪い気はしなかった。七重はふふっと笑った。

「もうお姉さんって呼ばれるのは、おかしいんだけれど……」

その物言いで、七重がすでに夫を持つ身であると、少年は気づいたようであった。

「あっ、ごめんなさい。おかみさんってお呼びしなけりゃいけなかったですか」

「いいえ、お姉さんって呼ばれると、いい気分がするわ」

七重が朗らかに言うと、少年——幸松はほっとしたような表情になった。

「今日は、歌占ですか。代筆ですか」

と、いつもの案内役に戻って尋ねる。

「そうね。両方というのもありかしら」

七重が訊き返すと、少年はひどく嬉しそうに満面の笑みを浮かべた。

「もちろんです。どうぞ中へお入りください」

と言う幸松に案内されて、七重はいつも客人が通される座敷へと上がった。

「歌占と代筆のお客さまです」

幸松が座敷へ足を踏み入れるなり、得意げな声を張り上げて言う。

「えっ、代筆のお客さまですか」

すると、机に向かって筆を動かしていた若い娘が、ぱっと顔を上げて明るい声を出した。

七重の目とその娘の目が正面からぴたりと重なった。

明るく期待に満ちていた娘の表情が、その途端、たちまち強張る。

「……なな……え……姉さん？」

娘の口がわなわなと震えている。かすれた声はほとんど聞き取れないほどであったが、七重には自分の名前が呼ばれたのがよく分かった。

「おいちさん」

七重はおいちの名を落ち着いた声で呼んだ。

「七重姉さん！」

今度ははっきりと、大きすぎるくらいの声で、おいちは叫び、手にしていた筆を放り出して、机の前に飛び出してきた。

七重の前まで来て、まるで夢ではないかとばかり、その顔を穴のあくほど眺めている。

その様子を、正面の席に座っていた老人と、案内役の少年が、驚きを隠しきれぬ眼差しで見つめていた。

「七重姉さんなの？　本当に七重姉さん？」

おいちは七重を目の前にしても、なおも信じられぬといった様子で、くり返し尋ねた。

「間違いなく七重よ。真間村にいた七重です」

七重はおいちから目をそらさずに答える。

おいちは二、三度、瞬きすると、それから一気に口を動かした。

「ど、どうしてここに。ううん、それより、どうして真間村を急に出て行ったの？　今どこにいるんですか？　颯太と一緒なんですか？　そうですよね。一緒なんでしょう？　颯太はどこにいるんですか。教えてください、七重姉さん！」

おいちは矢継ぎ早に問いただしてくる。とうてい口を挟めるような気配ではなかった。

「お、おいちさん、まずは落ち着いて」

七重がようやくそれだけ言うと、おいちは七重の袖をぎゅっとつかんできた。

「本当に七重姉さんなんですよね。颯太はどうしているんですか。無事なんですよね。元気にしているんですよね。あたしに会わせてもらえますよね。ねえ、七重姉さん！」

「おい」

おいちの熱に浮かされたような様子の質問攻めに、歯止めをかけたのは露寒軒であった。

「そのお客がお前のどんな知り合いであるにせよ、今は歌占と代筆のお客として、ここへ来たのであろう。まずは、お客として礼儀を尽くして迎えるべきではないのか」

おいちをたしなめるように言う。

「おいち姉さん」

幸松がすかさず、おいちの傍らについて、七重の袖からおいちの手を放させた。

「お客さまは逃げたりなさいませんよ。まずは、お客さまの御用の向きを承り、それからおいち姉さんの訊きたいことを尋ねればいいじゃないですか」

幸松の言葉が終わるか終わらぬうちに、露寒軒が幸松に向かい、

「今日はいったん店じまいとする。玄関に札をかけてまいれ」

と、言う。幸松は「はい」と勢いよく答えて、部屋を飛び出していった。

おいちは幸松がいなくなってしまうと、もう立っていられず、放心した様子でその場にぺたりと座り込んでしまった。颯太一人を捜すために、故郷も身内もすべて捨ててきたおいちの胸の内を思うと、七重の胸も痛んだ。七重はそっと目を伏せ、おいちの近くに膝をそろえて静かに座った。

「歌占の戸田先生でいらっしゃいますか」

七重は露寒軒に向かって尋ねた。

「うむ。確かにわしは歌占師じゃ」

「今日は歌占をしていただきに参りましたが、おいちさんがここにいることを承知の上で来ました。おいちさんにはいろいろとお話ししなければならないこともございます。まずは、そちらを先にさせていただいてもよろしいでしょうか」

七重が丁寧な口ぶりで言うと、

「まあ、よかろう」

と、露寒軒はおもむろに告げた。七重はおいちの方に向き直り、だらりと下に垂らしたままのその手を取った。

「おいちさん、真間村では本当にお世話になったのに、黙って姿を消してしまって悪かったわ。あたしたちにもよんどころない事情があったのよ」

おいちの放心していたような目が、七重の方に向けられ、徐々に光を帯びていった。まるで射抜こうとするような鋭い眼差しに、七重は必死で耐えた。

「よんどころない事情って？」

「くわしい事情は言えないけれど、ある旗本のお武家さまから、佐三郎さんとあたしに、夫婦そろって奉公に出てほしいというお話があったんです。八丁堀の甲斐庄さまというお屋敷なのですが、今、あたしたちはそこにいます」

「八丁堀？」

その言葉に、おいちは小津屋の仁吉から、かつて聞いた言葉を思い出した。

――あのお客さまは、旗本の甲斐庄家のお女中でございます。お屋敷は八丁堀とか。

あれは、七重に似た人を小津屋の店先で見かけた直後のことであった。

その時は、甲斐庄という名も、八丁堀という地名も、何の馴染みもないものだったので、そのままにしてしまった。まさか、七重が武家屋敷で女中をしているなど、想像も及ばなかった。

だが、やはりあの時の女人は七重だったのだ。あのままあきらめず、もっと食い下がって調べていれば――。

悔やむ気持ちが一瞬湧いたが、それ以上に、逸る気持ちがおいちをつかんだ。

「それじゃあ、颯太もそこにいるんですか！」

おいちはつんのめるようになりながら尋ねた。七重の手を握り返してくるおいちの手の力は痛いほどに強い。

「それが……」

七重はいったん口を閉じ、唾を飲み込もうとした。だが、喉はからからに渇いてしまっている。

その直後、いったん出て行った幸松と、その背後から、盆を手にしたおさめが現れた。

「まあまあ、おいちさんの在所の方が来られたって、幸松から聞いて驚いたんですよ。つい最近、ここの家の皆で、おいちさんの在所に行ったばかりですからねえ」

おさめは賑やかな口ぶりで言い、七重に茶を振る舞った。

七重は礼を言って、茶碗を手に取り、口に含んだ。それで、少し喉が潤い楽になった。

「颯太のことだけれど、実は甲斐庄さまのお屋敷へ行く前に、あの子とは別れたんです」

七重は土門蔵人に教えられた通りに告げた。

「えっ……」

おいちの表情が、たちまち暗く沈み込んだようになる。七重はすかさず、おいちの手を握り直して言葉を継いだ。

「でも、あたしたちが甲斐庄さまのお屋敷にいることは、颯太も知っているの。だから、今、どこにいるか分からなくても、必ずあたしたちのところへやって来ると思うわ。あの子が来たら、おいちさんにちゃんと伝えるし、あの子にもおいちさんの居場所を教えておく。だから、そんなに気落ちしないで」

七重が告げても、おいちの落胆した顔の暗さは変わらない。無理もないと思いながらも、七重には今、それ以上のことは言えなかった。

「おいちさん」

おさめがおいちの傍らに座を移し、その肩に優しく手をかけて揺さぶるようにする。

「今まで何の手がかりもなかったところへ、こうして颯太さんのお姉さんが訪ねてきてくれたんだよ。これは、すごいことじゃないか。これからはきっと、どんどんいい方へ進んでいくよ。颯太さんはお姉さんたちのところへ現れるって、お姉さんも言ってくださっているんだ。おいちさんがそれを信じないでどうするのさ」

「……え、ええ」

おいちは七重に再会した驚愕と、すぐにも颯太に会えるのではないかという期待が破れた落胆から、なかなか立ち直れないようであった。

それでも、これ以上、七重を問いただしたり責めたりしても無駄だとは、おいちも分かってくれたようである。

（これなら、土門さまのお考えになった筋書きの通りにいくかもしれない）

七重はひそかに胸の中でそう考えていた。

六

おさめが加わってくれたことで、その場の重く沈みかけていた雰囲気は、明るく賑やかなものとなった。

七重は、露寒軒宅の人々がそろって真間村へ行った時のことを、いろいろと聞きたがった。そのきっかけがお菊だと聞くと、

「まあ、あのお菊お嬢さんがここへいらしたんですか」

七重は黒目がちの目を瞠（みは）って言った。

「あたしはお菊お嬢さんとは、ほとんどまともに話をしたこともなかったんですが。でも、確か、おいちさんはお菊お嬢さんとは、あまり仲がよくないって、颯太から聞いたことがあったような気がするけれど」

「まあ、仲がいいって感じには見えませんでしたねえ」

おさめがおどけたような調子で言う。

「お菊さんがここを訪ねてきたのは、露寒軒さまの歌占のお客さんとしてであって、おいちさんとの再会はたまたまだったんですけれど、二度目の時はやっぱり、おいちさんを頼

る気持ちからここへ来たんでしょうねえ」

そう言われると、おいちも黙っていられなくて口を開いた。

「頼りにされたなんて、とんでもないわ。他に行くところがなかったんでしょ。頼りにされたっていうより、利用されたっていう方が合っているわ」

「そんな言い方をしなくても」

七重がおいちの物言いに驚いて、たしなめるように言うと、

「七重姉さんは、お菊がどんなに腹黒いか知らないんです」

おいちは決めつけるように言い返した。

「いえね、おいちさんはこう言ってるけれども」

おさめが両目に笑いをにじませながら、七重に向かって説明する。

「あたしが見るところ、お菊さんはおいちさんのことを、やっぱり放っておけなかったんじゃないかと思うんですよ。そりゃあ、あんまり仲はよくなかったみたいだけれど、お祖父さんや伯父さんが在所にはちゃんといるんだし。お菊さんはおいちさんが無事でいるって、身内の人に知らせたくて、おいちさんを強引に付き合わせたんじゃないかしらねえ」

「おさめさんはお菊に甘いんだから。真間村のお祖父さんたちと一緒だわ」

おいちは唇を尖らせながら言った。

「それで、お菊お嬢さんは、今は真間村に？」

お菊が家出をしてきて、一緒に真間村へ連れ帰ったという話まで聞いた七重が、さらに

尋ねた。

「いえね、柳沢さまのお屋敷で、筆記係の女中さんが足りないっていうんで、お菊さんはその試し奉公に上がったんですよ。まあ、嫁入り前の行儀見習いも兼ねてっていうんで、真間村の身内の方々も納得なさって」

「柳沢さま？」

それまで楽しげに話を聞いていた七重の顔が、この時だけ不意に強張った。

「柳沢さまって、ご存じですか。川越のお殿さまなんですけど」

おさめから尋ねられ、

「え、ええ。甲斐庄家のお殿さまとも、お付き合いがあるようなので、耳にしたことだけはあります。もちろん、直にお目にかかったことなんてありませんけれど」

七重は適当にとりつくろって答えた。

「実は、このおいちさんも半月ばかり、柳沢さまのお屋敷へご奉公に上がっていたことがあるんですよ。ほら、おいちさんも字が上手だから、筆記係のお仕事をね」

おさめが我がことのように、自慢げに言う。

「ああ、そうだったんですか」

七重は納得した様子でうなずいた。

颯太とおいち――いったん真間村で途切れたように見えた二人の絆は、どんな運命が降りかかったとしても、決して完全に途切れてしまうことなく、結びつこうとしていたのかもしれない。いや、それこそが二人の宿命なのだろうか。七重はふと、そう思った。

「それじゃあ、あたし、そろそろ」

話が一段落したところで、七重はそう切り出した。

「戸田先生の歌占をお願いしたいんですが……」

それを聞くと、それまで七重の相手をおさめに任せきりにしていた露寒軒が、よしとばかりに背筋を伸ばした。

「よかろう」

おもむろに言って、七重に目をまっすぐ向ける。

「いかなることを問いたいのじゃ」

露寒軒が問うと、逆に七重は、

「何か、これという決まったことを占うものなのでしょうか。それとも、行く末を丸ごと、占っていただくこともできるのでしょうか」

と、訊き返した。

「それは、どちらでもよい。これという決まったことを占う客が多いが、そうでなくてもかまわぬ」

「なら、あたしは行く末を丸ごと占っていただきたいと思います」

七重は決然とした口調で言った。

「よろしい」

露寒軒はうなずくと、いくつか用意された竹筒の中から一つを選び、それを七重に差し出した。七重は露寒軒の机の前まで膝を進めると、それを受け取った。

「中に手を入れ、占ってほしいことだけを一心に考えながら、札を一枚だけ引くのじゃ」

露寒軒の指示を聞き、七重は言われた通り、右手を筒の中に入れた。

（あたしと佐三郎さん、いろいろな無理をして一緒になったあたしたちが、これからどんな生涯を送るのか、どうか、教えてください）

胸の中にそう唱えているうち、七重は自然と目を固く閉ざしていた。

やがて、筒の中に入れた右手の指を、少しずつ動かした。何枚かのお札が指に触れるのが分かる。親指と人差し指でその中の一枚をつかもうとしたその時、七重の人差し指に、別のお札が絡みついてきた。

七重は迷わずその一枚をつかみ取り、そのまま手を外に出した。手にしていたのは、目も覚めるような美しく明るい黄色の紙であった。

「開いてみなさい」

露寒軒から言われ、七重は細く折り畳んで結んであったお札を、ゆっくりとほどいた。

中には、見覚えのあるおいちの美しい筆跡で、一首の歌がしたためられてある。


七重八重花は咲けども山吹の　実の一つだになきぞ悲しき

見た瞬間、七重は胸がつぶれる思いがした。それは、七重も知る歌であった。

いや、そもそも歌の冒頭には、自分の名前がある。名前といっても、本名を隠すための仮の名前ではあるが……。しかし、この名を名乗ってもう十数年、七重という名前は自分そのものとなりつつあった。

「見せてみるがよい」

露寒軒に言われ、七重は黙って歌を差し出した。

「ふむ、この歌をな」

露寒軒は一瞥するなり、唸るような声で呟いた。

「どんなお歌だったんですか」

幸松が興味津々といった様子で、露寒軒に尋ねる。

露寒軒はお札を七重に返した。七重は隠すつもりもなかったので、幸松にそのお札を差し出してやる。

幸松はお札に目を落とすと、声に出して歌を詠んだ。

「これって、七重さんのお名前が入ってる歌じゃないのさ」

おさめが吃驚して言う。

「七重さんに引かれるのを待ってたみたいな歌だねえ」

おさめの言葉は、まさに七重も実感していることであった。

どうして、こんなに不思議なことがあるのだろう。確かに、筒の中にはたくさんのお札が入っていたというのに——。あの中から、どうして自分はこの札を引き当てたのだろう。

「歌占とはそういうものじゃ」

露寒軒が我が意を得たりといった口ぶりで言った。

「それでは、この歌を読み解いて進ぜよう」

露寒軒の言葉に、七重は居住まいを正して露寒軒に向き直った。

「この歌は、もともと古い歌なのだが、太田道灌公の逸話でよく知られている。太田道灌公が雨に降られた折、蓑を借りようと、若い娘に頼んだところ、娘は山吹の枝を差し出したという。そのもとになった歌がこれじゃ。山吹の花は七重八重の華やかな花を咲かせるけれども、実のならないことが悲しい——という歌の意味にかけて、蓑は貸せないと返事をしたわけだな」

その逸話も歌の意味も、七重は知っていた。

だが、それらが自分の人生とどうつながるのかは、まったく分からない。露寒軒の話は続いた。

「お客人には夫がいるのであったな。しかし、子はおらぬ」

「その通りです」

先ほど、七重がおいちに語っていた話を聞けば、それは分かることである。だから、七重は特に驚かなかったが、露寒軒の言わんとするところはまだ分からなかった。

「おそらく、お客人が子を持つことはあるまい。望んでいるのだとしたら、気の毒なことかもしれぬが……」

露寒軒は続けて言った。七重はようやく、引き当てた歌とその言葉の意味を理解した。

実のならない花――それが、自分なのだ、と。

そして、それは自分が犯した罪を考えれば、当たり前の運命と思ってもいた。佐三郎とて同じはずだ。子を欲しいと語り合ったことは、まったくなかった。むしろ子宝に恵まれるよりも、二人が決して離れずに生きていられることを望んでいた。その幸せの前では、他の何を望んでもいけないと思う気持ちがあった。

「あたしも夫も子を望んではおりません。ですから、残念だという気持ちはありません」

と、七重は静かな声で言った。

「ただ、あたしたちはずっと一緒に暮らしていきたいだけです。その願いは叶うのでしょうか」

「七重八重に花は咲くという。その花こそが、夫婦の形であろう。とすれば、お客人夫婦の仲は、山吹の花のごとく幾重にも花開き、強く結ばれているということじゃ」

露寒軒の言葉に、七重は顔をほころばせた。

これ以上のありがたい結果はなかった。

「あのう、このお札は頂戴できるのでしょうか」

「札をお守りとして買い求める場合は五百文。歌占だけでお札を求めぬ場合は十文じゃ」

露寒軒の返事に、七重は即座にお札を買い求めると答えた。

見料（けんりょう）とお札の金を支払った後、七重は改めて、おいちに向き直った。

「おいちさんにも代筆のお願いがあるんです」

おいちはうなずいた。七重は懐から折り畳んだ一枚の紙を取り出すと、

「これは文（ふみ）の下書きです。この通りに書いていただければけっこうです。紙はおいちさんがよいと思うものを選んでください。十日後に受け取りに来ますので、お代はその時でよいでしょうか」

と、おいちに下書きの紙を差し出した。

「分かりました」

おいちはうなずいて下書きを受け取ったものの、何となく釈然としない顔つきである。

誰に宛てての文か、どのような内容なのか、七重はまったく告げなかった。

武家屋敷に奉公しているということだし、内容は人に見せてよいものかどうか分からない。それで、おいちはその場では下書きの紙を開くことはしなかった。

「それじゃあ、あたしはこれで」

七重は露寒軒のお札を大事そうに懐にしまい込むと、立ち上がった。

「おいちさん、お見送りしなさいよ」

おさめに言われるまでもなく、おいちは七重を玄関の外まで見送りに出た。おさめや幸松は遠慮しているのか、部屋から出て来ようとしない。

七重は梨の木の近くでいったん立ち止まると、

「ここにも梨の木があるのねえ」

と、感慨深そうに呟いた。そして、梨の木を見上げたまま、

「先ほどの文は、おいちさんが一人の時に開いてください」

と、低い声でささやくように言った。

「分かりました」

何か深い理由があるのだろうと、おいちはうなずいた。

ややあって、七重の眼差しが梨の木から、おいちの方に向けられた。

(七重姉さんはさっきの文に託して、あたしに何か告げようとしているんだ)

おいちにもそのことが分かった。

「それじゃ、十日後に」

七重は言い、軽く頭を下げて、梨の木坂を下っていった。先ほどの駕籠はすでに帰してしまっていたから、帰りの駕籠は坂の下で拾うという。

小津屋までついて来た見張りは、七重にまかれたことをすでに気づいているだろう。本郷の露寒軒宅を訪ねるのを邪魔さえされなければ、その足取りを知られたところでかまわないから堂々と帰ってこい、と蔵人からは言われている。

おいちは七重の姿が見えなくなるまで、梨の木の傍らで見送り続けていた。それから、その場で懐に収めた文を取り出すと、思い切って広げた。

「颯太がこと、後々しかと語り候ゆゑ、今はさらに問ひたまふまじく候。さもなくば、颯太が身、危うくなり候」

——颯太のことはいずれきちんと語るから、今は何も訊かないで。そうしないと、颯太の身に危険が及ぶのよ。

おいちは文を読み下すなり、開いた紙を慌てて畳んだ。

誰にも見られていなかったか、つい周りを見回してしまう。誰もいない。しばらくじっと様子をうかがったが、人の気配は感じられず、おいちはほっと息を吐いた。

（颯太の身に何かあったんだ。七重姉さんはそれをあたしに言えない事情があるんだ）

今の自分に、何ができるだろう。考えても、答えは出なかった。

ならば、七重の言う通りにするしかない。とにかく、七重がこうして会いに来てくれた以上、颯太と再会できる望みは持てる。今はただ、七重の言う通り、決して騒ぎ立てたりしないことだ。

おいちは改めて手にした文をきちんと畳み直し、懐へしまおうとした。

その時、先ほど目に入ってこなかった、一行の添え書きがおいちの目に留まった。紙の端の方に、本文の後に付け足しで書かれた文字のようである。

「土門蔵人といふ名に、覚えありや」

「土門蔵人……？」

おいちは思わず呟いてしまい、慌てて口をつぐんだ。

聞き覚えなどあるはずもない、初めて聞く名であった。

第三話　山吹小町

一

きっかり十日の後、七重は再び本郷の露寒軒宅へ現れた。

暦は九月を迎え、冬がもうすぐそこまで近付いている。

おいちの方は、七重へ渡す清書の文を仕上げていた。無論、これは見せかけである。中にしたためたのは、七重からの伝言への返事であった。

――すべて七重姉さんのおっしゃる通りにします。

という内容だけを記している。ついでに「土門蔵人という名に心当たりはない」ということも書き添えておいた。

(七重姉さんはこのやり方で、口には出せない話を伝えてくれるつもりなんだ)

代筆業とは、やり方によっては実に奥の深い仕事である。この時初めて、おいちはそのことに気づいた。

やり取りをするのは、当人同士でなくてもよい。

ある人物が人知れず誰かと連絡を取りたい時、間に代筆屋を挟めば、疑いの目をそらすことができる。下書きと称して伝えたい内容を書き記し、代筆屋からは清書と称して、相手からの返事を渡す。

(この場合は、代筆屋の信用がものを言うんだろうけど……)

ふと、そんな考えが浮かんだものの、もちろん危ない仕事をするつもりはない。それに、今は颯太のことで頭がいっぱいである。

そうして待ち構えていたおいちの許へ、七重は約束通りやって来たのだが、

「えっ、七重姉さん?」

幸松に代わって、玄関まで迎えに出たおいちは、思わず目を瞠って絶句した。

「おいちさんに頼んでおいた代筆の清書、受け取りに来たのよ」

艶やかな笑みを湛えて言うその人は、匂い立つように美しく、おいちの知る七重ではなかった。

(七重姉さんって、こんなにきれいだったかしら?)

おいちは七重をまじまじと見つめながら、胸の中で驚きの声を上げる。

もともと七重が美人であることは、おいちも分かっていた。だが、どことなくはかなげで、影が薄いというか、印象に乏しいところがあり、人の記憶に残るような美人ではなかったはずだ。

ただ、それは七重がほとんど化粧もせず、地味な着物ばかり着ていたせいだったのかもしれない。

今日のように、念入りに派手めの化粧をほどこし、若い娘の着るような、山吹色の地に赤い紅葉をちらした小袖を着れば、七重はこんなにも輝ける人だったのだ。

今の七重を見れば、体の弱い夫を抱えて苦労している人妻とは、誰も思わないだろう。

（若く見えるってわけじゃないけど……）

何だか年齢不詳の妖しさというか、そういうものを超えた魅力が、今日の七重にはそなわっていた。

「おいちさんったら、どうしたの？　清書ができていないの？」

七重のあまりの変貌に驚くあまり、ただ立ち尽くしていたおいちに、七重が不審げな目を向けて尋ねた。

おいちは我に返ると、慌てて言った。

「あっ、ごめんなさい。清書はできています。お部屋の方へどうぞ」

おいちは言い、台所のおさめにも声をかけてから、七重を座敷へ通した。

座敷には、露寒軒と幸松がいたのだが、七重が部屋に入ってくるなり、二人とも目を七重に吸い寄せられてしまっている。

「戸田先生、先日はどうもお世話になりました」

七重は露寒軒の前に膝をそろえて座ると、丁寧に挨拶した。

「う……うむ」

露寒軒も七重の変貌ぶりには仰天したらしく、それ以上言葉を続けられないでいる。幸松などは、口をあんぐりと開けたまま、七重に見とれていた。

「あら、まあまあ。これは、まあ、七重さん？」

そこへ茶の仕度をしてやって来たおさめは、「まあ」を連発しながら、裏返った声で言った。さすがに露寒軒や幸松のように言葉もないというのではなく、さかんに七重の様子を眺め回しながら、感嘆の声を上げ続けている。

「何てまあ、この前の時とは打って変わったように華やかにおなりで。あらまあ、お若いっていいわねえ。七重さんは、こういう派手な小袖が本当によくお似合いで、まあ、うらやましいこと」

「若いなんて言ってくれるのは、おさめさんだけですよ。あっ、幸松さんもあたしをお姉さんなんて呼んでくれますけれどね。あたしなんて、もう三十路に近いんですから」

外見が変わると、中身まで変わってしまったかのように、七重は明るく華やいだ声で言い、軽やかに笑う。

「三十路だなんて、まったく見えませんよ。こうしてみると、二十歳くらいにしか見えないもの。それにしても、その小袖も海老茶色の帯も、何てまあ、粋なんでしょうねえ。七重さんは本当に着物を選ぶ目も肥えてなさるのねえ」

「若い頃、お化粧や着物にすごく夢中だった頃があったんですよ。お嫁にいってからは、暮らしも貧しかったし、そんなこと忘れてたんですけどねえ。幸い、今はお武家さまにお仕えしているので、こういうものをそろえられるようになりました」

七重はまんざらでもない様子で、うっとりと自分の着ている小袖に目を落とす。自分に似合っていることを百も承知しているというような満足げな様子であった。

「こうしてみると、おいちさん。あんたも少し、七重さんを見習って、おしゃれに気を遣った方がいいかもしれないね」

不意に、おさめの眼差し（まなざし）がおいちに注がれた。その眼差しには哀れみのようなものがこもっていて、おいちは情けなくなった。

この日、おいちが着ていたのは、藍（あい）と白の縞（しま）模様の小袖である。

七重が今、着ているような華やかな小袖といえば、以前、柳沢家へ奉公に出た時、美雪に譲ってもらったお古くらいのものだ。あれはもう今の季節の品ではないので、行李（こうり）の中で眠っている。

「ほらね。この家は、露寒軒さまと幸松の男二人に、女子（おなご）といえばあたしたちだけでしょ。あたしももういい齢（とし）だし、娘を育てたこともないから、そういうところに気がつかなくってねえ。おいちさんは今がちょうど、花の盛りだっていうのに、それを無駄にさせちまってはもったいないもんねえ」

おさめは七重に向かって勝手なことをしゃべっている。

「そうですねえ。おいちさんは若いし、別嬪（べっぴん）さんなんだから、お化粧をしてきれいな小袖を着れば、本当に華やぐと思うわ。今度、あたしがお化粧の仕方を教えてあげるわね」

七重もおさめに調子を合わせて、楽しげに言い、おいちににっこりと微笑（ほほえ）んでみせた。

颯太のことを考えると、そんなのんきなことをしゃべっている場合ではないと、おいちは気が気でないのだが、それはおさめの知ることではない。それにしても、すべてを知る七重がこうして派手な格好をして浮かれているのは、いささか解せないことであった。

「実は先日、この小袖を着て、日本橋にある白粉屋の紅屋さんに行ったら、若い男の人に声をかけられたんですよ」

七重の楽しげなおしゃべりは、おさめを相手に続いていた。

「あらまあ、付文でもされたんですか」

おさめがうらやましげな声を出して言う。

「そんなんじゃありませんよ」

七重は手をひらひらと横に振ってみせた後で、

「その人、浮世絵の修業をしている絵師だったんです」

と、大事な秘密でも打ち明けるような調子で言った。

「まだまだ上手に描けなくて、稼ぎはないらしいんですけど、あたしを見て、ぜひ描いてみたいって思ったんですって。それで、あたしに絵の雛形になってくれないかって言うんです」

「まあまあ、それで、七重さんは何て返事をしたんです？」

「とりあえず、近くの茶屋でお話を聞いたんですよ。絵師さんが絵を描く間、その目の前でじっとしてなきゃならないんだとしたら、あたし、そんな暇は取れないですから」

「うんうん、まあ、そうだろうねえ」

「そしたら、今ここで下絵だけでも描かせてほしいって、熱心に言うんです。ほんの少しの間でいいからって。それで、そこのお茶屋さんに話をしてみたら、店先を使っていいっていうんで、ちょっとだけ、そこの縁台に腰かけている姿を描かせてあげたんです」

「あらまあ、それでお代の方はいただいたんですか」

　おさめが尋ねると、

「いいえ」

　七重はあっさり首を横に振った。

「相手の方は修業中の身の上だし、何だか若い人からお代をもらうのも。お茶屋さんのお代と、まあ、場所を借りた心づけは、その人が払ってましたけど……」

「おい、待て」

　すると、その時、それまで黙り込んでいた露寒軒が突然、口を開いた。

「今は無名であろうとも、いずれ高名な絵師になるかもしれん。本の挿絵を描いて、名が売れるようになる絵師もおる。後々のため、名前と住まい、付き合いのある版元は、控えておいた方がよいぞ」

「えっ、そうなんですか」

　七重は少し困ったような表情を浮かべた。

「名前と住まいは聞いたんですけど」

「へえ、何ていうんです？」

おさめが興味深そうに尋ねた。

「浅草蔵前に暮らしていて、名前は出羽屋源七とか言ってました」

「出羽屋？　知らぬ名だな」

露寒軒は首をかしげている。

「これから、有名になる人かもしれませんよ」

おさめがわくわくしたような調子の声で言った。

「でも、その時、往来に面した縁台で、そんなことをしていたもんですから、人目に立ってしまって……」

七重はなおも困惑ぎみに続けた。

「絵師さんとあたしの姿を、皆が取り巻くようにして眺めてるんです。そうしたら、どこから現れたのか、二人三人と筆を持った人がやって来て――」

「もしや、お客人の姿を勝手に描いたというのか」

露寒軒が再び口を挟んだ。渋い顔つきである。

「え、ええ。あたしは横目でそれに気づいたんですけど、ちょうど源七さんの言う通りの格好を作っていた時だから、動くこともできなくて。源七さんの方は絵を描くのに夢中で、気づいてもいないみたいでした」

「それで、勝手にお客人を描いた絵師たちは、その後、どうしたのじゃ」

「それが、源七さんが描き終えると、その人たちも見物人の人たちと一緒に、さあっといなくなってしまいました。あの絵、どうなるんでしょうか」

「さてな。お客人に最初に目をつけたのは、その源七なる者であり、どんな格好、どんな構図で描くかということを決めたのも源七じゃ。本来なら、その絵は源七以外の者が売ってはならぬところじゃろうが、その中に源七より絵のうまい者がいれば、どうなるかは分からんな」

「それって、つまり、源七さんの絵を盗むってことですか」

おさめが露寒軒に目を向け、少し憤慨した声で問う。

「絵を盗むというのとは違うだろう。まだ出来上がってもいないのだからな。まあ、あえて言うなら、着想を盗まれる、ということだろうが……」

「何だか、いいところを持ってかれたみたいで、いい気分はしませんねえ」

「しかし、まだ起こってもいないことを、あれこれ言っても始まらん」

露寒軒の言葉に、七重がうなずいた。

「そうですよ、おさめさん。第一、あたしを描いた絵がお金になるかなんて、分からないんですから。世の中には、役者さんの絵も吉原の花魁（おいらん）の絵も、数多く出回っているんですし。源七さんだって、そういう絵を描く時のために、あたしを試しに描いてみたんだと思います」

「いいや、ふつうの町娘を描いた絵だって、今じゃあ、人気があるみたいだよ。菱川師宣（ひしかわもろのぶ）

先生も、そういうふつうの町娘たちを多く描いていなさったっていうし……」

おさめが熱心な口ぶりで言うのを聞き、

「お前は菱川師宣の描いた絵を見たことがあるのか」

露寒軒が不思議そうに問いただした。

「いいえ」

あっさりと、おさめは首を横に振った。さして恥じ入る様子も見せず平然としている。

「愚か者め。自分がよく知りもせぬことを、知ったふうに言うでない。聞いていてこちらが恥ずかしくなる」

「ひいっ、相済みません」

露寒軒の叱声がおさめの上に降り注がれた。

おさめは肩をすくめるようにして、恐縮した。

「あっ、それじゃあ、あたしはそろそろ」

それを機に、七重は立ち上がるそぶりを見せる。

「七重姉さん、これ、頼まれていた清書です」

おいちは言い、七重がこの前引いたお札と同じ、黄色の紙に書いた文を差し出した。

「ああ、そうね」

七重はそれを受け取ると、中身を確かめもせず、

「今日も、おいちさんに代筆を頼みたい下書きを持ってきたんだけれど……」

と、続けて言った。

「実は、奉公先で頼まれてしまって。ほら、おいちさんが書いたあのお札の字を見せたら、皆、たいそう感心してね。自分も代筆を頼みたいっていう人がいたもんだから」

それが、本当の話なのか、露寒軒たちの手前、取り繕った偽りなのか、おいちには分からない。だが、

「分かりました、お引き受けします」

と、おいちはすぐにうなずいた。

「また、十日後に取りに来るわ。今日のお代は――」

と言って、七重が財布を取り出そうとするので、

「お代は次の時に、まとめて払ってもらえればいいです」

おいちはそれを断った。

「そう？　それじゃ、そうさせてもらうわね」

七重はうなずき、おいちに下書きの文を差し出した。

おいちはそれを受け取り、そのまま懐にしまい込む。

七重もまた、おいちから受け取った清書の方を懐にしまい込むと、露寒軒とおさめに礼を言って立ち上がった。

前の時のように、七重を見送ってから、おいちは玄関に入ったところで誰もいないのを確かめ、七重から受け取った下書きを開いた。

「ここもとの素性、もし知りたまふことありといへども、さらに漏らすまじく候」

――私の素性を知ることになっても、決して漏らさないで。

とある。

「七重姉さんの素性……？」

おいちは茫然(ぼうぜん)とした口ぶりで呟いていた。知るも何も、おいちには皆目見当のつかない言葉だったのである。

二

七重が二度目に訪問してから、五日ほどが経(た)った。

七重が次にやって来るまでには、まだ五日ほど残っているその日。

引き札配りに出ていた幸松が帰ってくるなり、昂奮(こうふん)した面持ちで、露寒軒とおいちに向かって瓦版(かわらばん)を差し出した。

「大変ですっ！　おいち姉さん」

と、ここまで走ってきたのだろうと想像される様子で、息遣いも荒いまま、叫ぶように言う。

「何があったっていうの？」

幸松の差し出した瓦版を受け取りながら、

「幸松、あんた、瓦版なんて買ったの？　お銭はどうしたのよ」

と、おいちは訊いた。幸松は引き札配りに出る時、銭を持ち歩いてはいないはずである。

「瓦版を買ったお姉さんに引き札をあげたら、もう読んでしまったから、あげるって言われたんです」

幸松は早口に答えながら、一向に瓦版を読もうとしないおいちに、もどかしそうな目を向けた。

「そこに、七重お姉さんのことが出てるんですよ！」

幸松はおいちの手から再び瓦版を取り返すと、件の箇所を指で示しながら、おいちの前に突き出した。

おいちの目の前に、縁台に腰かけつつ、少し身をくねらせて、斜め後ろの方を見ている女の絵が飛び込んできた。その隣には、わりと大きな文字で何やら書かれていた。

「七重八重、大判小判の、花の色、江戸練り歩く、山吹小町？」

おいちがその文字を読み終えるか読み終えぬうちに、

「何じゃ、その品のない歌は――」

露寒軒が不愉快極まるといった声で言い、おいちの手からひょいと瓦版を取り上げた。

「これは、あの七重という女子か。確か、茶屋で絵師の雛形を務めたと言うておったな」

露寒軒がまず七重の絵姿を見て呟いた。

「そうなんです。七重お姉さん、あの時、知らない絵師さんたちに絵を描かれたって言ってたじゃないですか。あの中の誰かが、勝手に描いたものなんじゃないでしょうか」

幸松が少し落ち着いてきた息遣いで、早口に言う。

「そこには、七重お姉さんが山吹のような別嬪だって書かれてます。きっと七重お姉さんの名前から、あの七重八重っていう歌をもじって、山吹小町なんて言ってるんでしょうね」

「ふむふむ。では、あの女子はその絵師たちに、名も知られていたということか」

露寒軒は瓦版の小さな文字が読みにくいのか、紙を近付けたり離したりしながら言う。

「七重お姉さん、そんなふうに瓦版に書かれて大丈夫なんでしょうか。名前まで知られてしまって……」

おいちが不安そうな声を出した。露寒軒はようやく読みやすい位置が定まったらしく、瓦版を固定させている。

「瓦版には、お姉さんの名前が七重だと書いてあるわけじゃありません。それより、もっと問題なのは、山吹小町が言ったっていう触れ込みで、書かれている中身の方ですよ」

幸松が唾を飛ばすような勢いで言った。

「なになに」

瓦版の文字を読み始めた露寒軒が、目を細くしながら呟いた。

「山吹小町御用達の店として、日本橋の白粉屋『紅屋』の名前があるぞ。それに、小袖は越後屋であつらえたものだそうな。何じゃ、つまりこれは店の引き札も同然ではないか」

「そこじゃありません。もっと先を見てください」

幸松がもどかしそうに、露寒軒を急かした。

「おおっ！　山吹小町の気に入りの店として、『本郷は梨の木坂戸田露寒軒宅の歌占と代筆』とあるではないか」

露寒軒が大きな声を出して言った。

「ええっ！」

おいちは露寒軒以上の大きな声を上げた。

まさか、露寒軒から瓦版をひったくるわけにもいかず、おいちは露寒軒の背中に回り、そこから瓦版をのぞき込んだ。幸松も一緒になって、おいちの隣で瓦版をのぞき込む。

「ほ、本当だわ。このお家が瓦版で紹介されている」

「そうでしょう？　おいら、それを読んで吃驚しちまって」

幸松は引き札をまだ配り終わっていなかったが、とにかくこのことを知らせようと、飛んで帰ってきたのだという。

「どうなるのかしら。このお店――」

おいちが不安げに呟いた。店のことも気にかかるが、行方知れずのままの颯太や世間の注目の的となった七重の身も心配である。

とはいえ、七重のことは勝手に書かれたわけではないらしい。

瓦版によれば、七重は版元の質問に答えているという体だった。評判の美人、山吹小町御用達の店を紹介する体裁を取っていたし、紹介された店が版元に金を出していることも考えられる。

七重が何の意図もなく、こんなことをしているとは思えないが、一体、どんな目的があるというのだろう。

（それに、七重姉さんの文にあった、姉さんの素性って一体——）

七重の生い立ちといえば、下総の八千代村の出身で、しばらくの間、江戸へ養女にやられており、八千代村に帰ってきた時には佐三郎と夫婦になっていたというものだ。その話は颯太から聞いたものだし、怪しげなところも特にない。

あえて言えば、佐三郎の素性が不明だが、これも昔は寺にいたと聞いている。真間村に暮らしていた時、親しく言葉を交わしたことはなかったが、学があるというのは本当らしかった。

だが、七重と佐三郎夫婦のことを聞き回る者が真間村に現れた直後、颯太も含めて三人が姿を消してしまった。七重と佐三郎は不義を働いた末の駆け落ち者で、相手に追われているのだという噂が、村に立ったことはあるが……。

（やっぱり、七重姉さんと佐三郎さんには、何か隠さなくちゃいけないことがあるのかしら）

だが、そうだとすれば、七重がこうして瓦版に載ったりするのは、まったく腑に落ちぬことである。

（一体、どうして――）

わけが分からず、おいちの考えが行き詰まった時であった。

「ごめんください」

という女の声が、玄関の方から聞こえてきた。一人の声ではなく、複数の者が口々に言っている。

「あっ、お客さまだ」

幸松が弾かれたように言い、玄関へ飛び出していった。それから、ややあって戻ってくると、すっかり困惑した顔つきになっている。

「あのう、お客さまが……」

「それは、分かっておる。さっさとここへ通さぬか」

露寒軒が言うと、幸松がさらに困った様子で、露寒軒とおいちの顔を交互に見た。

「十人以上もいらっしゃるんです」

「十人だと？」

一気にそれだけの客を引き受けた経験は、さすがに露寒軒にもない。驚いて目を剝いている。

「皆さん、歌占のお客さまなんですね」

代筆の客ではないだろうと思いながら、おいちは尋ねた。少しずつ客も増えてきたとはいえ、やはり歌占の方に人気があるのは変わらない。

　幸松はおいちに目を向けて、首を横に振った。

「それが、歌占だけじゃなくって、代筆もお願いしたいと、皆さん、言っていらっしゃいます」

「ええっ！」

　おいちは腰を浮かしそうになりながら言った。

「何でも、この家で歌占を引いて恋文を代筆してもらえば、恋が叶うって、皆さん、信じ込んでるんです。どうやら、あの山吹小町の瓦版を見たみたいで」

「何じゃと。そんなことまで、瓦版には載ってなかったではないか」

　露寒軒が抗議するように言った。

「それが、山吹小町がそう言っているのを聞いたっていう人から、口々に広まっていったそうです」

　幸松がおろおろした物言いで、客から聞きかじったらしいことを口にした。

　露寒軒はそこまで聞くと、急に覚悟を据えたようであった。

「とにかく、客ならば引き受けねばならん。順番にここへ通せ。それから待たせるお客人の世話は、幸松、お前とおさめで何とかしろ」

　露寒軒の言葉が終わるや否や、幸松は「はいっ！」と勢いよく返事をして、再び部屋を飛び出していった。

それから、すぐに一人目の客を案内するなり、今度は他の客たちを別の部屋へ案内するために駆け出してゆく。

（あたしもぼうっとしてられない）

おいちは若い女客の期待に満ちた眼差しを受け、気を引き締めてそう思った。


瓦版の出た日を皮切りに、露寒軒の歌占とおいちの代筆屋にはそれまでの何倍もの客が押し寄せるようになった。

幸松はもう、引き札配りには行かず、お客たちの案内役に徹している。おさめもまた、手が空いていれば、客たちに茶などを運んだり、時には話し相手になってやったりしている。

四人はてんてこ舞いの忙しさの中、日々を送るようになった。

それから四日はあっという間に過ぎ、いよいよ七重が来る約束の前日のこと。

「おいちさんだって、七重さんとゆっくり話もしたいだろう？　明日の仕事は半日ってことにしたらどうなんだい？」

おさめからそう提案された時、おいちはすぐにもそれに飛びつきたいと思った。

だが、店は露寒軒のものでもあるから、自分の都合だけでは決められない。露寒軒の方をうかがうと、

「そうするがいい。わしも少し休まなくては体がもたん」

と、あっさり承知した。

「それじゃあ、明日は半日のみだって、今日から張り紙を出しておこうじゃないか」

というおさめの意見に従い、おいちがその張り紙を書く。

そして、七重が来る当日は、昼前まで客を取り、その後は店を閉めることになった。

いつもは交替で摂る昼餉(ひるげ)を、この日は四人そろって、ゆっくりと摂る。そうして、食事も終わり、おいちと幸松がこの日は片付けを手伝おうと立ち上がりかけた時、

「あのう、ごめんください」

という声が、玄関先から聞こえてきた。

七重の声でないことはすぐに分かった。

「今日の昼からは休みだと張り紙をしてあるのに、近頃の客は図々しくていかん」

露寒軒が苦虫を噛(か)み潰したような顔つきで言う。

「おい、おいち。お前が断ってまいれ」

「はい」

せっかく足を運んでくれた客を断るのは心苦しいが、それを引き受けてしまってはきりのないことになってしまう。おいちは仕方なく、少し重い気分で、玄関へ出向いた。

外で待っている客のために、玄関の戸を開けると、目の前にいたのは何と、お絹とお妙(たえ)の母子(おやこ)連れであった。

「おいちさん」

お妙が嬉しそうに歯を見せて笑っている。

「ごめんなさいねえ、おいちさん。今日はお休みだって張り紙は見たんだけど、せっかくここまで来たんで、お留守かどうかだけでも確かめようって、声をかけさせてもらったんですよ」

と、続けてお絹が言う。

「ちょうどよかったです」

おいちは朗らかに言って、二人を中へ招き入れた。

「今日のお昼からは大事なお客さんがお見えになるので、お店の方は休ませてもらってたんです。そのお客さんはまだお見えでないから、少しゆっくりしていってください。ここ最近、お店が忙しくて、皆、大変だったんです」

「そうだろうねえ」

お絹がしみじみとした声でうなずいた。

「こちらのお店が大変な評判だってことは、あたしたちも聞いてたんですよ。それで、人手が足りないんじゃないかって、あたしもお妙も心配してたんだ」

「それでね、おいちさん」

お絹の後を受けて、お妙が言う。

「あたしたち、皆さんにはお世話になってばかりだし、もしお役に立てることがあるなら、お手伝いしたいって、おっ母さんと話し合って、寄せてもらったの」

「まあ、本当に？」

　おいちはお妙の優しい言葉に胸を熱くした。

「いえね、お手伝いするったって、あたしはせいぜいおさめさんのお手伝いをするくらいしか役に立たないし、お妙だって、おいちさんのお手伝いができるほど、字が達者なわけでもないんだけどねえ」

「あら、あたし、これでも手習いのお師匠さんのところで、一生懸命、お稽古したのよ」

　お妙が母に向かって、頬を膨らませて言い返している。

　そんなやり取りをしているところへ、座敷からおさめが顔を出した。

「さあさあ、皆さん。そんな玄関先で話していないで、こちらへ来てください。お膳の片付けも終わったので、今、お茶を用意しますから」

　おさめの言葉に、三人は顔を見合わせて笑い、それから座敷へと向かった。

三

　露寒軒とおいちの店が、大変な繁盛をしていると聞いていたお絹たちは、それでも一日三十人以上の客が来ると聞いた時には、驚いた顔をした。

「それじゃあ、大変でしょうねえ」

　お絹が心のこもった声で言った。

「あたしも昔、商いをしていたから、お客さんに気を遣わなきゃいけない苦労は、よおく分かりますよ。あたしのところは八百屋だったから、お客を待たせることへの気苦労はなかったんだけど、それでも、ちょいと客足の多い時に、待たされて怒り出す客もいましたからねえ」

「幸い、うちのお客さまは歌占と代筆ですからね。初めから、暇のあるお客さまっていうことが多くて、怒り出すような人はまだいないんですけどね」

　おさめがお絹の言葉に応じて言う。

「それでも、あんまり長く待たせるのは申し訳ないし、といって、何かうまい工夫があるわけでもなくて」

「でも、おさめさんはお客さまに、いろいろと気を遣っていらっしゃいますよ。白湯を振る舞ったり、時にはお菓子もお出ししてるんですから」

　幸松がおさめの苦労を皆の前で懸命に披露して言った。

「そうなんですけど、それにも限りがあるし。座布団だって、足りなくなることがありますから」

「何か、暇つぶしがあるといいんでしょうけどねえ」

　お絹が考え込むように呟いたが、何かよい案があるわけでもないらしい。すると、

「そのお客さまたち、おいちさんに代筆を頼むお人も混じっているのよね」

　不意に、お妙がおいちに目を向けて尋ねた。

「ええ、そうなの。最近は歌占と代筆を一緒に頼むお客さまが多くて」

「それじゃあ、待つ間、代筆の下書きをしてもらっていたら、どうかしら」

お妙が目を輝かせて提案した。

「おいちさんだって、下書きがあれば、書きやすいでしょうし。待っている間に、下書きを別の部屋で書いてもらうんです」

お妙はそう言うと、最後に露寒軒に目を向けて、「どうでしょうか、先生」とお伺いを立てた。自分の意見を求められた露寒軒は、気をよくしたらしく、

「ふむ。こちらは机と紙、筆を用意するだけで済むというわけか。確かに、あれこれ気を遣わなくてよいかもしれん」

と、前向きな評価を口にした。

「そういうものの整理や処分は、あたしとおっ母さんでもできるんじゃないかしら。時には、話し相手にもなってあげられるでしょうし」

「大いにけっこうなお話ですよ。ちょいと、紙代や墨代がかかっちまうけど、最近のお客の多さを思えば、そのくらいは。ねえ、おいちさん」

おさめから問われたおいちは、大きくうなずいた。

「ならば、紙や墨はともかく、すぐに筆だけは用意しなければならぬな」

という露寒軒の言葉により、幸松が元奉公先のあずさ屋まで買いに行くことに決まった。

「それじゃあ、行ってまいります」

幸松はすぐに家を飛び出していった。その後、女たちの話題は、今日これから訪ねてく

る山吹小町の話に移った。

「それにしても、瓦版の力っていうのは大変なもんですねえ」

お絹が改めて、しみじみと呟くように言った。

「あの山吹小町さんが、おいちさんの知り合いだったなんて。そういえば、前に七重さんっていう人を知らないかって、あたしに訊いたことがあったよねえ」

ずっと本郷住まいだというお絹に、おいちが七重について尋ねたことを、お絹は覚えていた。残念ながらお絹の知り合いではなかったが、おいちが無事に尋ね人と会えたことを、お絹は心から喜んでくれた。

「今、町で評判の山吹小町、会ってみたいわあ」

お妙は単純に、山吹小町に興味があるらしい。今日もしかしたら会えるのではないかと、期待に目を輝かせている。

「何言ってるんだい。おいちさんと大事なお話があって、いらっしゃるんだろうに……。そんなこと言ったら、ご迷惑じゃないか」

と、お妙をたしなめながらも、お絹は「そんなにきれいな人なんですか」と、おさめ相手に尋ねたりしている。やはり、山吹小町と言われる七重の容貌には、関心があるようだ。

そうして、お絹とお妙が何となく居残ったまま話をしているうちに、時は過ぎ、八つ時（午後二時頃）ばかりになった頃、

「ごめんくださいませ。おいちさんはいますか？」

当の七重の声が、玄関口から聞こえてきた。七重も表の張り紙を見たのだろう。少し訝しげな声で、おいちを呼んでいる。

「あっ、七重姉さんだわ」

おいちは一人立ち上がると、玄関まで迎えに出た。

「おいちさん、ああ、いたのね」

七重はほっとした様子で言った。

今日は先日の小袖とは違い、深緑色の地に女郎花の花を咲かせた小袖姿である。これもまた、なかなか派手めの小袖だったが、不思議なくらい七重にはよく似合っていた。

「昼過ぎから店を閉めるってあったから、おいちさん、留守にしているんじゃないかと思ってしまったわ」

「七重姉さんが来る約束だから、わざと閉めたんです」

おいちは説明した。すると、七重は少し気がかりそうな表情になると、

「あのう、あたし、おいちさんのお店を贔屓にしてるって、瓦版の版元にしゃべっちゃったんだけど……。その後、お客の入りはどうかしら？」

と、おいちの顔色をうかがう様子を見せた。

「おかげさまで。若い娘さんが殺到してます」

おいちは笑顔で答えた。客が増えてくれたのは、素直に嬉しいことである。

「そう。それって、迷惑じゃなかったわよね？」

「ちっとも。少しお客さまが多すぎるのが、嬉しい悩みの種ですけれど。今日は七重姉さんをお迎えするため、お客はお断りしたんです。露寒軒さまも忙しすぎるから、少しお休みになりたいみたいでしたし」

「それならよかったわ」

七重はようやく笑顔を見せた。濃いめの化粧をしているせいか、その笑顔も以前よりずっと華やいで見える。

「おいちさんのお役に、少しでも立ちたくて」

七重はまんざらでもない様子で、嬉しげに言う。他に目的があってのことではないのかと、問いただしたいところであったが、さすがにこの場では訊けなかった。代わりに、

「実は今、他のお客さまもいらしているんです」

と、おいちは七重に断った。

「あたしの友になってくれた子と、そのお母さんなの。露寒軒さまたちとも顔見知りで、お客の大入りにあたしたちが困ってるんじゃないかって、心配して様子を見に来てくれたんです」

「いい方たちなのね」

「それで、ご一緒してもらってもいいんだけど、別の部屋もありますから。どうしましょうか」

おいちが七重に尋ねると、その声が座敷の方へも聞こえたらしく、

「あたしたちはもう失礼しますから」

という、少し張り上げたお絹の声が玄関口まで返ってきた。

その直後、七重の表情がにわかに強張った。

「お絹さん、すみません。でも、大丈夫です。他にも部屋はありますから」

おいちが座敷の方に向かって声高に言うと、七重の白い顔はすうっと蒼(あお)ざめていった。

その時になって、おいちは七重の様子に気がついた。

「七重姉さん、具合でも悪いんですか？」

慌てて手を差し伸べようとしたが、七重は気丈にも首をしゃんと伸ばし、平気だと断った。それから、

「戸田先生やおさめさんにもご挨拶したいし、先のお客さまがかまわなければ、座敷へ通してもらってもいいかしら。おいちさんがお世話になっているのなら、あたしもご挨拶したいし」

と、しっかりとした口ぶりで言った。どうやら、座敷の客人にも聞かせようと、少し声を高くしてしゃべっているようだ。その声が届いたのだろう、

「それじゃあ、おいちさん。七重さんをこちらへご案内おしよ」

と、おさめの言う声が聞こえてきた。

「はあい」

おいちは返事をすると、七重を座敷の方へ案内した。七重の顔色はまだ蒼白かったが、

足取りはしっかりしており、具合の悪そうな様子には見えない。

その七重が座敷へ現れると、待ち構えていたらしいお妙が、

「わあ、やっぱりおきれいな方ね。山吹小町って言われるのにふさわしい方だわ」

と、華やいだ声を上げて溜息を吐いた。

その傍らで、お絹が一瞬放心したように固まっている。

おいちは、はしゃいでいるお妙に目を向けていて、それに気づかなかった。ただ、七重だけが瞬き一つせず、お絹を見据えていた。

二人の眼差しが絡み合い、互いに心の最も深いところでつながった。それは、互いが同じ思いを抱いていることへの確かな実感であり、今どう振る舞わねばならないかということへの了解でもあった。

お絹は静かに、目を七重からお妙に移した。

「これ、お妙。失礼でしょう。初めてお会いした方に、ご挨拶もせず」

娘をたしなめるお絹の声は、いつも通りであった。

誰も違和感を覚える者はいない。ただ、七重だけがじっと何かに耐えるかのように、わずかの間、目を閉じていた。

それから、七重は目を開けると、お絹とお妙から少し離れた場所に座った。お絹はそれを待ってから、改めて体ごと七重に向き直ると、

「この近くに住む絹といいます。こっちは娘の妙。娘が失礼なことを言って、すみません

ねえ」

と、きちんと挨拶した。七重は息を一つ吐いてから、

「いえ。あたしは……七重といいます」

と、挨拶を返した。どうしても堅くなってしまう。

改めて正面からお絹を見つめた七重は、傍らのお妙に目をやり、少し口許を和らげた。

「かわいらしいこと。おいちさんと仲良くしてくれているそうね」

七重が微笑んでみせると、お妙はすっかり舞い上がった様子で、頬を赤らめている。

「あたし、おいちさんとは真間村で一緒だったんです」

七重は再び、お絹に目を戻し、そう打ち明けた。

「真間村?」

お絹は一瞬、不思議そうな声を上げたが、思いとどまったように口を閉じると、

「ああ、そうでしたか」

とだけ続けた。それ以上、くわしいことを尋ねようとはせず、お絹は話題を変えてしまった。

「うちの娘は、瓦版でおたくさまのことを読んで、お会いしたいって言ってたんですよ。たまたまこちらへ伺ったら、例の山吹小町がいらっしゃるっていうじゃないですか。いつまでも長居して、申し訳ないことをしちまいましたが……」

言い訳めいたお絹の言葉に、お妙が横から口を挟んだ。

「でも、山吹小町にこうしてお会いできたんだから、あたし、本当に嬉しいわ。皆に自慢しちゃおうかしら」

「まったく、若い娘っていうのは、これだから」

お絹が苦々しげに言いながら、七重に向かって苦笑を浮かべてみせる。

お絹の笑顔を見た瞬間、七重の胸は熱くなった。強張り、緊張していた心身がゆっくりとほどけてゆく。

ああ、これだ——と、七重は思った。自分が取り戻したかったもの、目にしたかったものがここにある。そして、それがもはや自分のものではなく、二度と取り戻せぬものなのだと、七重ははっきり悟った。

それでいい、と思う。

かつて自分に惜しみなく注がれていた母の情けは、今、しっかりと別の娘によって受け止められている。それでいいのだ、と——。

七重は泣き出しそうになる顔を、強引に笑顔に変えた。

「でも、若いってうらやましいですわ」

しみじみした声で言いながら、七重は優しい瞳でお妙を見つめた。

「ええっ！　山吹小町さんって、あたしたちより少し上くらいなんじゃないんですか」

お妙が驚いたように言い、おいちに同意を求めるような目を向ける。

前に、おいちが七重を三十路くらいだと話したのを、お妙はすっかり忘れているらしい。

「やめてくださいな、お妙さん。おいちさんはあたしの齢を知ってるから、困ってるわ」

七重が笑いながら口を挟んで言うと、

「お妙さんはおいくつなの？」

と、お妙に目を向けて訊いた。

「十六です」

「そう、十六。あたしもその頃、とても思い出深いことがあったわ」

七重はどこか遠くを見つめているような目で、呟くように言った。

「そうなんですか」

お妙が興味深そうな様子で七重を見つめている。放っておけば、それはどんな思い出なのかと、七重に聞き出しかねないような雰囲気だった。

「さあ、お妙。あたしたちはもうこのくらいで失礼しよう」

その時、お絹が話を打ち切るように言い、お妙を急かした。

「それじゃあ、先生におさめさん。明日から二人でお手伝いにまいりますので」

お絹が続けて挨拶すると、露寒軒は「うむ」とうなずき、おさめの方は「よろしくお願いしますよ」と、愛想のよい笑顔を見せた。

それから、先に帰るというお絹とお妙を見送りに、おいちはいったん玄関へ出た。

「おいちさんの在所は真間村だったのね？」

帰りがけに、お妙から問われて、おいちはうなずいた。

「そうなの。話したこと、なかったかしら」

「ええ、聞いていなかったわ」

お妙はそう答えると、

「真間村には別嬪さんが多いのね。真間手児奈（てこな）のお里だからかしらね？」

などと、お絹に向かって話しかけている。

その時、おいちは何かが変だと感じた。

いや、おかしいという気分は先ほどからあった。七重の態度がお絹とお妙を前にした時から、どうも堅苦しかったのだ。ただ不自然というほどではなかったし、最後の方は口数も多くなっていたので、それほど気に留めてはいなかったが……。

だが、思い返せば、お絹にもおかしな言動があった。七重が真間村と言った直後、不審げに訊き返していたではないか。七重とおいちの関わりはお絹も知っていたのだから、その話はむしろ、ああそうだったのか、と納得されてしかるべきものだ。

それなのに、お絹の態度は、自分の想定と別のことを言われた人のものであった。

「お絹さんっ」

おいちは思わず、お絹を呼び止めていた。

（七重姉さんって、まさか！）

恐ろしい想像が頭に浮かんでいた。

お絹には、お妙の前に養女がいた。生きていれば三十路くらい。そして、死んだはずのその娘の墓から、お供え物が盗まれるようになった。それを盗んでいったのは、おいちと同い年くらいの若い男。

それから、お絹の許に届けられた文には、死んだはずの娘——お七が生きて無事でいると書かれていた。その文は代筆で、しかも書いたのは他ならぬおいち。店に来た客の言うままに書いた文だったが……。

（あの時のお客さんが、お七さんだと思ってたけど……）

その人が代理人であったとすれば——。

お七は華やかな美人だったという。呉服屋の見本帖の雛形になってほしいと頼まれるほどに——。

これまでのさまざまな出来事や言葉が、おいちの中で絡み合いぶつかり合って、鋭い閃光を放っていた。今浮かんでいる一つの仮定を、それらの中心に置いてみれば、すべてがすっきりと納得がいくのだった。

だが、それを口にすることはさすがにできなかった。

「……お絹さんは、八千代村に行ったことがありますか」

「えっ？」

おいちの問いかけに、お絹は短く声を放ったきり、返事をしなかった。

「八千代村？　ないわよねえ、おっ母さん。そんな遠いところ、親戚だっていないし」

お絹に代わって、お妙が答えている。

「そうですか。なら、いいんです」

おいちは言い、それ以上、お妙から何かを問われる前に、

「お気をつけて」

と、二人を送り出した。

お絹は先ほど、真間村ではなく八千代村ではないかと思ったのだ。七重の故郷が真間村ではなく、八千代村だと知っていたから、真間村に住んでいたと聞いて意外に思ったのだろう。

八千代村は、七重と颯太の故郷であり、おそらくは八百屋お七の故郷でもある。

気がつくと、七重が廊下に出てきていた。

「おいちさん」

「あたしも今日はこれで失礼するわ」

と、七重は少し堅い口ぶりで告げた。どことなく疲れている様子にも見える。

「あっ、清書をお渡しします」

おいちは慌てて言い、急いで座敷へ戻ると、七重に渡すはずの清書を手に再び玄関へ戻った。

そこには「七重姉さんの素性については見当もつかないが、仮に分かっても言われた通りにする」という内容をしたためておいた。書いた時はそうだったが、今は違う。

おそらくそうではないかという答えを胸に、戸惑いを鎮めることができない。とはいえ、七重やお絹に直に問うこともできない。

「これは、お代よ」

七重は清書を受け取ると、おいちに袋に入った銭を丸ごと渡した。どう考えても多すぎる分量だったが、おいちは断らなかった。今日は七重の方から渡す文はないらしい。だが、

「これからも頼むことがあれば、ここへお客として来るわね」

と、七重は告げた。おいちはうなずいた。

「山吹は実のならない花だけど、梨は花も実もある……」

草履を履いてから、七重はぽつりと思い出したように言った。

「おいちさんは梨の木ね。実をつける日もちゃんと来る。だから、あたしを信じて」

七重は最後に、力強い声で言い残すと、今日はここでいいと断り、そのまま戸の外へ出た。

今、七重姉さんは梨の木を一人で見上げているのだろうか――おいちは、その場から動き出せぬまま、ふとそう思っていた。

四

初めて瓦版に載って以来、七重の評判はますます高くなっている。その後も、小さくではあったが、山吹小町行きつけの店などが瓦版で紹介されることが続いた。

また、七重の素性や年齢さえ分からないのが、一つの魅力にもなっているらしい。それらを探ろうとする若者たちが現れ、後をつけられた七重が八丁堀界隈で消えたという話も、江戸の町中に出回り始めていた。

「八丁堀の武家屋敷に奉公している娘ではないのか」

「いや、本当はさる旗本の姫君なんだそうな。ちょっとした気まぐれで絵師の雛形なんぞを引き受けたが、こんなに評判になって困っているらしい」

「何を言うか。姫君どころか、もう人妻だというぞ」

憶測は憶測を呼び、あることないこと言いふらされている。

そうした報告は、甲斐庄正永の許にもすでに上がってきていた。

（何よりまずかったのは、最初の外出を許したことだ）

小津屋の支配人の娘婿から、ぜひ来てくれと頼まれたというので、大した問題もあるまいと許してしまった。その折、見張りの者がまかれ、七重は本郷の戸田露寒軒宅へ行ってしまったという。

そこには颯太と縁のある娘がおり、七重とも顔見知りだった。

七重は露寒軒にも堂々と顔を売り込み、家に出入りする身となってしまった。

それだけならば、大した問題ではないが、七重はわざと世間の耳目を集めるように振舞い、正永が簡単には手を出せぬ女になりおおせた。七重が露寒軒とその家に住む娘のことを、わざわざ瓦版に売り込んだのも、世間の注目を集めさせるためだ。そうすれば、正永は手出しできなくなる。

だが、それは七重が八百屋お七であることを、万が一にも知られる危険と紙一重なのだ。

七重の行動はそれを逆手に取ったものだが、あの世間知らずで思いつめやすい女が、緻密な計算などできるはずがない。

(大方、佐三郎あたりが小知恵を働かせたのだろう)

そう考えると忌々しい。さすがの正永も、佐三郎以外に力を貸す者がいるとは、考えもしなかった。

(これ以上、好き勝手にさせるわけにはいかぬ)

もしも七重が甲斐庄家の女中であることを知られれば、甲斐庄家と八百屋お七の関わりを思い出す者もいるかもしれない。それだけで、すぐに正体がばれることはないだろうが、これ以上の危険を冒させるわけにはいかなかった。

そうでなくとも、武家屋敷の女中が遊女か茶屋の娘のように、絵師の雛形になるなどあってはならないことである。

「七重を呼べ」

十月に入ったある日、ついに正永は七重を部屋に呼んだ。

「失礼いたします」

待ちかねていたかのように、七重はすぐにやって来た。瓦版に描かれていたような派手な小袖はさすがに着ていなかったが、以前よりずっと化粧が念入りである。

「私に呼ばれた理由は、分かっているだろうな」

多くは語らず、正永は難しい顔つきのまま、そう尋ねた。

「分かってございます」

七重は深々と頭を下げ、丁重な態度で応じた。

「私はお前たち三人に危害を加えるつもりはない」

正永は静かに告げた。

「絵師の雛形になったり、瓦版の版元と関わるのは、金輪際ならぬ。世間が静まるまでは、この屋敷からも出ぬように——」

「分かりました」

七重は即座に答えた。

「ならば、よい。下がれ」

正永はこれで話は終わったとばかり、七重を追い立てようとした。だが、七重は頭を下げたまま立ち去ろうとしない。

正永は舌打ちしたい気持ちであった。颯太の釈放を要求するつもりだなと思った。ある程度は予想していたことだ。致し方あるまいと思う。

「颯太のことは、もうしばらく待て。颯太がこれまで通り、忠節を尽くして仕事に励んでくれるのならば、このままにはしない」

「そのことでお願いがございます」

七重はすかさず言った。いつの間にか頭を上げ、じっと上目遣いに、正永を見上げている。その絡みついてくるような眼差しの力強さを、正永はどことなく不気味に感じた。

(この女、まさか思いつめて、我が屋敷に火を放ったりはするまいな)

ふと、そんな想像をめぐらしてしまい、愕然とする。正永は女ごときに恐怖心を覚えた自分に、苛立つ思いであった。

「あたしと夫佐三郎は、ずっと殿さまの下でご奉公し、ご恩返しをいたす覚悟でおります。その気持ちは初めから変わっておりませんので、どうかお信じくださいまし。ただ、弟颯太は今の暮らしから解き放ってやっていただきたいのです」

七重はもうずっと前から、この言葉を口にするつもりであったとでもいうように、すらすらと滑らかに申し述べた。

「解き放つ、だと。颯太はもう私の仕事の内容を知っているのだぞ」

苦々しげに正永は言った。

「颯太は決して、それを外で漏らすような者ではありませぬ。そうお信じくださったからこそ、颯太にさまざまな仕事をおさせになってきたのではありませんか」

「それはそうだが……。常に手許に置いて、仕事をさせ続けるのと、目の届かぬところへ解き放つのは、わけが違う」

「それでも、颯太のことで、あたしどもとお殿さまの間には、溝ができてしまいました」

七重は臆することもなく、きっぱりと言った。

「何だと。お前は自分の立場というものが分かっているのか。どの口が私に向かって、さようなことを言えるのか」

「ご無礼は承知しております。でも、颯太を外へ出してくだされば、あたしたち夫婦はこれまで以上にお殿さまのために働きます。颯太とてお殿さまへの御恩を忘れないでしょう。それに、あたしたち夫婦がここに残るのですから、颯太がお殿さまにとって不都合なことを外で漏らすことはありません」

「それは、この私を脅しているのも同じことだ」

　正永は怒りをこらえながら、不穏な声で告げた。

「そのようなつもりはありませんが、何とかお考え直しいただけないでしょうか。あたしにできることなら、何でもいたします。どうかお願いします！」

　七重は再び額を畳にこすりつけて言った。

　正永の我慢はすでに限界の寸前にまで達していたが、その七重の必死なありさまを見ているうちに、ふと別の考えが浮かんだ。

　この女は何でもすると言った。ならば、絶対に成し遂げられぬような難題を吹っかけてやる。颯太一人を失っても、余りあるほどの成果を上げてくれるのならば、こちらも考えぬわけではない。

「よし、何でもと申したな」

　正永は念を押すように言った。

「は、はい」

七重はいったん頭を上げかけたが、正永と目が合うと、その威に打たれたとでもいう様子で、重ねてひれ伏した。

「よし。ならば、戸田茂睡の家から手に入れてほしいものが一つある」

おもむろに、正永は告げた。

「戸田……先生のお宅から？」

「そうだ。お前が持ち出すのは難しいだろうが、その家にはお前や颯太と馴染みの娘がいたと聞く。その娘にやらせれば、造作もないことのはず。やってくれるな」

七重はすぐに返事をしなかった。

正永は急かすことはせず、じっくりと待った。

ややあって、七重は絞り出すような声で切り出した。

「戸田先生のお宅から持ち出すものとは、何なのでしょうか」

「一冊の書物。それも、戸田茂睡が書いたものだ」

と、正永は答えた。

「何という書き物ですか」

「『御当代記』という」

「ごとうだいき？」

正永は立ち上がって、障子の前に置かれた文机の前まで行くと、そこで紙にさらさらと書きつけ、それを七重の前に差し出した。

「今の世の政について、戸田茂睡があれこれ意見を綴ったものらしい」

「それをお持ちすれば、颯太をこの屋敷から解き放ってくださるのですか」

「私も武士だ。一度口にしたことは枉げたりせぬ」

正永はきっぱりと言った。

七重はうつむいて、息をゆっくりと吐き出した。

すべてが土門蔵人の思惑に従って動いている。七重は蔵人と佐三郎の言うままに動いてきただけであった。

七重が派手な装いをして瓦版に取り上げられることも、戸田露寒軒の名をさらに世に広めることも、すべて蔵人の筋書き通りである。七重が世間で騒がれるようになることを、佐三郎は初め案じていたが、正永に音を上げさせるまでの短い間だと説得され、最後には了解した。

そして、その通り、正永は困り果てた末に、七重を呼びつけた。

――その折を逃さず、颯太の釈放を頼み込め。

と、蔵人からは言われていた。その時、何らかの条件を出されたら、それは呑んでいい、とも――。

（でも、おいちさんを巻き込むような話になるなんて……）

蔵人もそこまで想定していなかったのではないか。とはいえ、七重の返事は決まっている。

「分かりました。やってみます」

七重は顔を上げ、目をまっすぐ正永に据えて答えた。

「よし。それを持ってきてくれたら、即座に颯太を解き放ってやろう」

正永も七重から目をそらさずに答えた。

「一つだけお聞かせください」

七重はそのままの姿勢で言った。

「その『御当代記』とやらに書かれた中身は、露見すれば、戸田先生の身が危うくなるようなことなのですか」

一気に言ってのける。それまで動揺を見せなかった七重の声が、この時だけはかすかに震えていた。

七重の脳裡には、露寒軒の堂々とした学者ふうの風采が浮かび上がっている。おいちにとって、大恩ある人であるのは間違いない。おさめや幸松からも深く信頼され、尊敬されているようだった。

「何が書いてあるかは、私も読んだことがないゆえ、知らぬ」

いささかそっけない口ぶりで、正永は言った。

「しかし、今の世の中に対し、批判の言葉が書かれているのではないかと、私は睨(にら)んでいる。あの老人はご公儀への不平不満を溜め込んでいるに違いないからな」

「もし、批判の言葉が見つかったら、戸田先生はどうなるのですか」

「それは、お縄を頂戴することになるだろう」

正永の口許には、うっすらと笑みが浮かんでいた。

正永はそう確信しているのだと、七重は思った。

「ああ、そうそう」

正永は思い出したような様子で付け加えた。

「その戸田家に寄宿する娘に言ってやれ。この甲斐庄正永が『御当代記』について知っているのは、戸田茂睡の周りに息のかかった隠密がいるからだ、とな」

「そ、それは、本当なのですか」

七重は目を剝いて訊き返した。

戸田家にいた、あの人のよさそうな女中と賢そうな小僧のどちらかが、正永の息のかかった者だというのか。

「それを、どうして私がお前に教えてやらねばならん」

正永は突き放すように言った。

「娘が戸田茂睡に恩を感じているにせよ、戸田の家の内部に隠密がいると疑えば、周りの者が誰も信じられなくなる。さらに、颯太の身を助けるためだと言い含めれば、揺さぶりをかけられるだろう」

どことなく面白がってでもいるかのような口ぶりで、正永は言う。まるで、七重に脅されたのをやり返しているかのような物言いに、七重は黙って耐えた。

この無理難題に、蔵人はどう応じてゆくのか。

おいちを巻き込むのもやむなし、と『御当代記』を盗ませることになるのか。

（ごめんね、おいちさん）

七重は心の中で、おいちに詫びた。

（戸田先生も、本当に申し訳ありません）

露寒軒にも胸中で詫びを入れる。

だが、どんなことをしても、颯太を救いたい。颯太とおいちに幸せになってもらいたい。

その七重の気持ちは揺るがなかった。

七重は正永の前から下がると、すぐに佐三郎にこの話をするべく、離れへ戻る足を速めた。


同じ日の晩、土門蔵人と佐三郎、七重の三人は、行燈の火を暗くした颯太の部屋で膝をつき合わせて座っていた。

すべて正永の言う通りにする――それが、七重の話を聞き終えた後、蔵人の出した結論だった。

「それは、つまり、おいちさんに『御当代記』を盗ませるということですか」

七重は目を剝いて、蔵人を見つめ返した。

「盗むのだろうと何だろうと、とにかく手に入れればよい」

蔵人の口ぶりにはまったく動じるところがない。

「でも、まさか面と向かって頼むことなどできないでしょう。とはいえ、恩人の持ち物を盗むだなんて、おいちさんには……」

「ならば、甲斐庄の殿さまがおっしゃるように、戸田家の内部に隠密がいると疑わせてやるのだな」

蔵人はにべもない調子で言った。

「そんな……」

おいちに、おさめや幸松を疑わせるような真似(まね)をさせるのは、忍びなかった。それで、七重はつい、

「その、土門さまのようなお方が、そっと盗み出すわけにはいかないのですか」

と、口にしてしまった。

曖昧な物言いではあるが、蔵人に盗み出してほしいと言ったも同然である。

蔵人は鋭い眼差しで、七重を見返した。かつて恐怖を覚えさせられたその眼差しに、七重は思わず目を伏せてしまう。

「自分の手は汚さずに、自分たちだけ幸せになる。それは、颯太にとっても、おいちという娘にとっても、ためになる話ではないと思うが」

「で、でも、おいちさんを巻き込むのは……」

うつむいたまま、なおも述べようとする七重の膝の上の手を、佐三郎がそっと握った。それ以上言うなという意志が伝わってきて、七重は口をつぐんだ。

「二人が一緒になるには、多くの障りがある。それを、いくらか我々で除いてやるのはよいだろう。だが、何一つ手を汚させないのも、いかがなものか」

「幸せをつかむためには、おいちさんにも覚悟をしてもらう。そのお考えには私もうなずけます」

黙り込んだ七重の代わりに、佐三郎が応じて続けた。

「ですが、おいちさんが拒むということもあり得るのでは？　その時はどうするおつもりですか」

その問いに、蔵人は答えなかった。その代わり、

「『御当代記』が手に入ったら、そのまま殿さまに渡せばよい」

と、もう決まったことのように告げた。七重と佐三郎は思わず目を見合わせていた。

それだけ言うと、蔵人は話は終わったというように立ち上がった。

「こうして会うのも、これが最後だ」

と、立ったまま言う。

「えっ？」

七重は思わず声を上げてしまった。

「以後、私のことなど知らぬというように振る舞ってくれ」

蔵人は一方的にそう告げると、そのまま部屋の戸を開けて出て行ってしまった。相変わらず動きはすばやく、足音も衣擦れの音もさせず、立ち去ってゆく。

七重と佐三郎は何やら脱力した気分で、その場に取り残された。いつものように、すぐに自分たちの部屋に戻ることもなかった。

「本当に……いいのかしら」

七重はぽつりと呟くように言う。

「これまで土門さまの言う通りにして、うまくいった。ここで逆らうわけにはいくまい」

佐三郎が七重の迷いを封じるように、きっぱりと言った。

「じゃあ、いいんですね。あたし、おいちさんに『御当代記』を手に入れてほしいって、頼んでいいんですね」

七重が救いを求めるような眼差しを、佐三郎に向けて問う。佐三郎はゆっくりとうなずいた。

「私は土門さまを信じていいと思う。冷たく突き放した物言いに聞こえたが、やはりお考えあってのことだろう」

「分かりました。佐三郎さまがそうおっしゃるなら、あたしももう迷いません」

七重はうなずき返した。その顔にもう憂いはなかった。

「戸田先生は歌占をなさってるって、話したわよね」

七重はふと思い出したという様子で、話題を変えた。佐三郎は顎を引いてうなずく。

「佐三郎さまには多くの歌を教えてもらったわ。苦しい恋の歌をたくさん」

七重は独り言のように呟いた後、佐三郎の顔をのぞき込むようにしながら尋ねた。

「苦しい想いをしたのは、あたしだけじゃない。そのことを、あたしに教えたかったんでしょう?」

佐三郎は答えなかった。ただ、先ほどから握り続けている七重の手を、さらに力をこめて握っただけであった。七重にはそれで十分だった。

七重はある歌を思い出していた。


君が行く道の長手(ながて)を繰(く)り畳(たた)ね　焼き滅ぼさむ天(あめ)の火もがも

佐三郎に教えてもらった歌の中で、最も心に響いた歌だ。

罪を犯した時の七重は孤独だった。こんなに狂おしい想いをしているのは自分だけだと思い込み、想い人とさえそれを分かち合おうとせず、自分一人罰を受けようとした。

だが、それは間違っている。恋しい夫が行かねばならぬ道を焼き滅ぼしてしまいたい――そう願った女人は、千年も前からいた。それは、愛しい人を想う一心から火付けに走ってしまった七重の切実さと、どこが違っていよう。

そのことを知り、人の心に思いを馳(は)せよ、と佐三郎は言いたかったのだ。そうすれば、自分一人のものと思い込んだ苦悩も、実はそうでないことに気づけるはずだ、と。

佐三郎に救われた。そして、古の歌に教えられた、と思う。

(あたしはもう一人じゃないし、昔ほど愚かではない)

胸の底から熱い想いが込み上げ、七重は背中を押されたような気がした。

「あたし、戸田先生のお宅で、歌占をしていただこうと思うのだけれど、かまわないかしら」

七重は佐三郎に目を据えたまま尋ねた。

「それをするなとは言われていないのだから、お前の好きにすればいい」

佐三郎は優しく言った。

「あたしは学もなくて、思いつめたら周りが見えなくなってしまうような愚かな女だわ。でも、ずっと佐三郎さまのおそばにいられるよう、少しでも賢くなりたかった……」

なぜ今そんなことを口にするのか、自分でも分からぬまま、七重の口は勝手に動いていた。

唐突な七重の言葉に、佐三郎は少しも驚かなかった。

「私は臆病者で、なかなか思い切ったことができぬ男だ。お前が私のために罪を犯すその前に、一緒に逃げよう――そう言ってやることができなかった……」

佐三郎は自嘲の言葉を、穏やかな口ぶりで語った。それを認めた上で、前へ進んでいる人の物言いであった。

「夫婦は足りないところを補い合うものだ。私たちほど、うまく補い合えている夫婦はおるまい」

佐三郎の眼差しがこの上もなく優しく、七重の上に注がれている。

ああ、自分は幸せ者だと、七重は思った。颯太とおいちにもこの思いを味わわせてあげたいと、心の底から思った。

「颯太とおいちさんもそうなれるかしら？」

ぽつりと呟いたその言葉に、

「それが叶うかどうか、戸田殿に占っていただくのだろう？」

と、佐三郎は切り返した。

「あっ、そうだったわ」

思い出したように言って、七重は微笑んだ。口にしないでも、自分の考えが夫には分かってしまう。そのことがどうしようもなく嬉しく、七重の心を温かく満たしてくれた。

五

七重が四度目に露寒軒宅を訪れたのは、十月半ばであった。

この時は、事前の約束があったわけではない。だから、歌占や代筆の客たちも詰め寄せていたのだが、七重が現れたのはもう店じまいをしようという暮れ方の頃――。七重の前に客は一人しかおらず、手伝いに来ていたお絹とお妙もすでに帰った後のことであった。

その日、最後の客として、幸松に案内されてきた七重は、

「えっ、七重姉さん……？」

おいちが思わず口にしてしまうほど、再び変貌を遂げていた。変わったというより、元に戻っている。

初めて露寒軒宅に現れた時のように、目立たぬ地味な小袖を身に着け、化粧もごく薄めであった。

「お、おぬしか」

露寒軒は顔を上げるなり、それだけ言った。姿や格好の変化には気づいているのだろうが、わざわざ触れることはない。ふだんは思ったことをそのまま口にするおいちも、何か事情があるのだろうと、あえて尋ねなかった。

「ならば、わしの仕事はこれで終わりじゃな」

七重の用件は代筆の方だと思い込んでいるのだろう。露寒軒はこれで今日の仕事も済んだとばかり、のびのびした声で言った。

「お待ちください」

露寒軒が腰を上げようとしているのに気づいて、七重が慌てて声をかける。

「今日は、先生に歌占をお願いしたくて参りました」

七重は真剣な眼差しを向けて言った。

「しかし、おぬしは前に歌占の札を引いたではないか」

「今日は、別の件でお願いしたいんです」

「ふう。別の件とな」

露寒軒は立ち上がりかけた腰を落ち着けると、再びきちんと座り直した。

「そういうことであれば、歌占をして進ぜよう。この度はいかなる用向きか申してみるがよい」

露寒軒から促され、七重は背筋をぴんと伸ばした。

「はい。ある男女の行く末を占っていただきたいのです」

七重のその言葉に、おいちの顔色は変わった。

七重は、おいちに目を向けようともしない。ただ、露寒軒に目を据えたまま、瞬き一つしないでいる。

「ならば、そのことを念じながら、この筒から札を一枚だけ引くがよい」

露寒軒はいくつかある筒の中から、一つを選び出し、七重に差し出した。七重は露寒軒の前までいざり寄ると、筒を受け取り、目を閉じた。

前の時のように、右手を筒の中に差し入れ、ゆっくりとかき回す。

(颯太とおいちさん——二人の縁をあたしが結び合わせてあげられるのか。どうか、それを教えてください)

そう念じながら、七重は一枚の札を引く。

手を筒の外へ出すなり、見開いた目に飛び込んできたのは、紅色の鮮やかな紙であった。

「開けてみよ」

という露寒軒の言葉に従い、札を開く。

中にしたためられているのは、一首の歌――。

ただ頼め細谷川のまろき橋　ふみ返しては落ちざらめやは

七重は目を通した後、露寒軒にそれを渡した。露寒軒はお札に目を落とすなり、

「ふむ。これは『平家物語』にある歌じゃな」

と、即座に述べた。

『平家物語』と聞いて、七重が思い出したのは、昔、枕元でお絹が話してくれた義経と弁慶の物語である。義経が平家を倒したことは知っていたが、他の物語など、何も知らなかった。『平家物語』を読んだことも、この歌を聞くのも初めてだった。

露寒軒は続けて、この歌にまつわる物語を話し始めた。

「平家の一門に、平通盛という武将がいた。一の谷の合戦で戦死したのじゃが、その通盛がまだ若い頃、小宰相という美しい女人に惚れた。小宰相は帝の姉君である上西門院にお仕えする女房――つまり、奥女中のようなものじゃった。通盛はくり返し小宰相に恋文を送ったのじゃが、とんと返事がない。そこで、いよいよあきらめようと心を決め、通盛はこれを最後という文をしたためた」

「切ないお話ですね」

露寒軒がいったん口を閉ざした時、七重は思わずそう言っていた。

おいちは黙って聞いているが、内容が恋に関わるからなのか、あるいは、文にまつわる話だからか、その眼差しは真剣そのものである。

「さて、その歌じゃが……」

露寒軒はおもむろにいったん口を閉じてから、改まった様子で一首の歌を口ずさんだ。

わが恋は細谷川のまろき橋　ふみ返されて濡るる袖かな

露寒軒が朗々と口ずさんだ歌は、七重が引いたお札の歌に少し似ている。

「わが恋は細谷川のまろき橋のように、何度も何度も人に踏み返されて——これは『文返されて』をかけているわけじゃが——袖を涙に濡らしている、というような意味じゃ」

露寒軒は通盛の歌を解釈した後、話を続けた。

「小宰相はこの文を受け取ったが、開けてみることはなく、懐に入れたまま、お仕えする女主人、上西門院の御前へ上がった。この時、あろうことか、この通盛からの文を御前に落としてしまったのじゃ」

「何てこと……」

七重が呟いた時、別の場所からも同じ言葉が聞こえてきた。おいちが手を口に当てている。

七重はいつしか両手を握り締めていた。

武将たちの勇猛な合戦の話ばかりと思っていた『平家物語』に、このような女人の、それも心震える恋の物語があるとは知らなかった。

「その文は誰かに拾われてしまったのですか」

おいちが他人事のようではない、真剣な口ぶりで尋ねた。

「うむ。拾ったのは上西門院であった」

露寒軒の返事に、七重は息を呑む。

「それは、小宰相という人の女主人ですね。よりにもよって――」

七重が思わず溜息を漏らしていた。

「さよう。しかし、上西門院は恋する者の心が分かるお方であった。文を読むなり、それが誰から誰に宛てて書かれた文か、察してしまった。とぼけて『これは誰の文か』とお尋ねになるが、小宰相は皆の前なので申し出ることができない。すると、上西門院は女人の情があまりに強いのはよくないとおっしゃり、通盛への返しの歌を自らお作りになったのじゃ。それが、おぬしの引いた歌よ」

露寒軒はそう言い、自分の手許にあった札を、改めて七重に返した。

「あたしにも、その歌を教えていただけますか」

おいちが興味深そうに、露寒軒と七重を交互に見る。

七重は札をそのままおいちに渡した。

「ただ頼め……」

おいちはその歌を口ずさんだ後、露寒軒に目を向けて、どういう意味かと尋ねた。

「ただ期待して待っておれ。細谷川のまろき橋は、何度も何度も人に踏まれるうちに落ちないことがあろうか、というような意味じゃ」

「それはつまり、何度も何度も文を突き返されているうちに、小宰相さんのお心も動いて、通盛さんの手に落ちる、ということですね」

おいちが明るく弾んだ声を出して言った。もう五百年も昔の人の話だというのに、今、この恋が進行しているかのように感じられるのは、七重も同じである。

「さよう。これは、いわば上西門院のお許しが出たも同じということじゃ。こうして、めでたく通盛と小宰相は夫婦となった。夫婦仲もよく、平家一門が都を捨てて落ち延びる時にも、小宰相は夫から離れなかったそうじゃ」

「とてもいいお話ですね」

おいちの言葉に、七重もうなずいた。

「しかし、仲がよすぎるのも哀れなことがある。通盛が戦死したと聞いた小宰相は、身重の身であったのじゃが、通盛の後を追って海に飛び込んでしもうたのじゃ」

「まあ、それはお気の毒に……」

七重は思わず呟いていたが、小宰相の気持ちはよく分かった。自分もまた、佐三郎の身に何かあれば、一日とて生きてはいられないだろうと思う。

おいちも同じ思いであろう。その目がわずかに潤んでいるのを見て、七重は胸を熱くした。

「それでは、戸田先生」

七重は露寒軒に目を戻し、改めて尋ねた。

「あたしがその歌を引いたのは、どんな意味があるんでしょうか」

「ふむ。おぬしが引いたのは、上西門院の歌じゃ。上西門院はいわば、通盛と小宰相の二人にとって、縁結びの神といったところじゃろう。つまり、おぬしが気にかけている男女は、おぬしの働きによって結び合わされるということじゃ」

「本当ですか」

七重は飛び上がらんばかりの声を上げていた。

「無論、そのためには、わしのお札を肌身離さず持っていることで、効果が高まるというものじゃが……」

露寒軒が顎鬚(あごひげ)をいじりながら、おもむろに言う。それが終わるよりも先に、

「もちろん、お札を買わせていただきます」

と、七重は口にしていた。

「ふむふむ。それがよかろう」

露寒軒は満足そうにうなずいている。

（あたしの願いは叶う！）

ここへ来るまでの不安と心細さに代わって、深い喜びが胸の底から湧き出してくるのを、七重は感じていた。

ふと、おいちの方に目を向けると、おいちもじっと七重を見つめていた。

七重が引いた札は、今もおいちの手の中にある。おいちは七重のところまで来ると、両手をそろえてお札を七重に返した。

（大丈夫よ。あたしたちを信じて）

七重は胸の中でおいちに呼びかけながら、お札を受け取る。それから、歌占とお札の支払いを終えると、改めておいちに向き直った。

「おいちさんにも、またお願いしたい代筆の文があるの」

「はい、お引き受けします」

おいちは力強くうなずいた。

「この下書きの通りにお願いするわ」

七重は言い、懐から折り畳んだ紙を取り出して言った。

「それで悪いんだけれど、書き終えたら今度だけは、八丁堀まで届けてもらってもいいかしら。もちろん、お代はお支払いするから」

「えっ、それは、七重姉さんのいるお旗本のお屋敷ですか」

おいちは虚を衝かれて訊き返した。

「そう。甲斐庄さまとおっしゃるの。河岸（かし）沿いのお屋敷だけれど、近くで聞いてもらえれば分かると思うわ」

なぜ七重はおいちに届けさせようとするのだろう。まさか、そこで颯太に会わせてくれるとでもいうのだろうか。颯太は今、危うい目に遭っているというが、どうなっているのだろう。

七重に問いたいことは数多くあったが、おいちは結局、それらは口にせず、黙ってうなずいた。

「それじゃあ、頼むわね」

七重はそれだけ言うと立ち上がった。おいちはいつものように、七重を玄関に送ってゆく。外はもうほの暗くなりかけていた。

「暗くなってしまうけれど、七重姉さん、大丈夫？」

「兼康の近くまで行って、駕籠（かご）を拾うから大丈夫よ」

七重は気軽に言って、草履を履くと、それから急に振り返った。

「おいちさん」

どことなく切羽詰まったような声で呼ぶと、七重はおいちの両手を取って握り締めた。

「何があっても、あたしを信じてね」

瞬きすることもなく、じっとおいちに向けられた七重の瞳は、薄暗い夕闇の中で底光りしている。

「えっ……」

なぜ突然、こんなことを言うのだろう。まるで、これが最後の別れのようではないか。だが、おいちにそれを問いかける暇を与えず、七重は「それじゃあ」と言うと、外に出て行ってしまった。

何か重苦しい予感がして、おいちは七重からの文をすぐ読む気になれなかった。しばらくその場に佇(たたず)んでから、重い足取りで座敷へ戻った。

六

おいちが七重からの文を開けて見たのは、その日の夜になって、二階の自分の部屋へ引き取ってからである。

行燈の火の近くに座って、文を開くと、見覚えのある七重の字で、数行にわたって書かれていた。

「颯太が身、甲斐庄さまが御手の内にて候。颯太がこと、助けたまはむと思はば、戸田さまが手になる『御当代記』ひそかに持ち来たるべく候」

文はまだ続いていたが、おいちはもうその先を読み進めることができなかった。

(これは、颯太が捕らわれているってこと？　その颯太を救うために、露寒軒さまのお書きになったものが必要だなんて、一体、何がどうなっているのか)

甲斐庄とは、七重たちが身を寄せている旗本の名であった。七重は颯太と別れたと言っていたが、やはり颯太は七重たちと一緒に甲斐庄家にいたのだ。

そして、颯太だけが捕らわれの身となってしまった。

その身を救うのに、露寒軒の書いた書物が要るという。

颯太と露寒軒につながりがある、ということが、おいちにはすぐには了解できなかった。どう考えてみたところで、以前から二人につながりがあったとは思えない。二人をつなぐものといえば、おいち自身しか思いつかない。

（これって、あたしが颯太の身を危うくしてるってこと？　それとも、露寒軒さまの身が危ういのかしら。ううん、二人とも危ういのかもしれない）

それも、自分のせいなのだろうか。

まったく何も分からないだけに、不安が募るばかりである。

（それに、『御当代記』って何なの？）

見たこともなければ、露寒軒の口から聞いたこともない。

一体、何が書かれているのだろう。七重からの文によれば、露寒軒自身が書いた書物らしい。

歌詠みとして名の知られる露寒軒だが、『御当代記』という題からすると、歌にまつわるものではないだろう。

当代とは、今の将軍の世の中を指す。露寒軒が書いたのであれば、五代将軍綱吉の世のことであろう。

露寒軒が治世について語るのを聞いたわけではないが、柳沢保明や北村季吟に対する批判ならば耳にしたことがある。そして、保明はおそらく政の上でも重要な地位に就いているのだろうし、季吟は幕府歌学方として文化政策を担う役目のはずだ。露寒軒がその彼らを批判して平然としていたことを思えば、政における意見もおそらく歯に衣着せぬものとなるだろう。

露寒軒の性質から考えて、わざわざ書き記すとしたら、称賛ではなく批判の言葉なのではないか。お上の手に渡れば、露寒軒の身を危うくするほど過激な内容さえ書いているかもしれない。

（考えすぎかもしれないけれど……）

いや、あの何者をも恐れぬ露寒軒ならば、十分にありそうなことであった。

（そうだとしたら、貸してくださいと頼めるような代物じゃない）

文には「ひそかに」とある。これは、つまり露寒軒に気づかれぬよう、盗めと言っているのではないか。おいちの立場なら、それができるだろう、と。

（でも、それは、露寒軒さまを裏切ること）

おいちの心は激しく揺れた。

しかし、何もしなければ、颯太はどうなるのか。颯太を助けたいなら、と七重は言う。おいちが露寒軒の『御当代記』を渡さなければ、颯太は一体――。

（どうしよう。あたしはどうしたら……）

おいちは答えを求めるように、再び七重からの文に目を落とした。続きには「ただただ、颯太がことのみ念じたまふべく候」とある。

ただひたすら颯太のことだけを考えて。余計なことは考えずに――。

七重の必死の声が聞こえてくるようだ。

それでも、おいちはどうすればよいのか見当もつかぬまま、先を読み続けた。

「『御当代記』につき、甲斐庄さま存じおり候段、もしや戸田先生が身に、甲斐庄さま配下の者つきまゐらせ候や。くれぐれもご用心あるべく候」

文はそれで終わりだった。

甲斐庄家の主人が露寒軒の『御当代記』について知っているのは、もしかしたら、露寒軒の身辺に甲斐庄家配下の者がついているからではないのか。おいちにも用心せよということらしい。

「ええっ！」

おいちは『御当代記』なる書物を盗めと言われたことから、話がどんどん大きくなっていくことに、大きな衝撃を受けて、思わず文を取り落としてしまった。

おいちの声を聞きつけたのか、隣からおさめが、

「おいちさん、何かあったのかい？」

と、壁を叩きながら声をかけてくる。

隣り合わせたおさめの部屋とおいちの部屋は、いちいち外の廊下に出ないでも、言葉を交わすことができた。

「ごめんなさい。何でもありません」

おいちはおさめの部屋の方の壁に向かって、声を張り上げた。

「そうかい。じゃあ、早くお休みなさいよ」

安心した様子のおさめの声に、お休みなさい、とおいちが応じた後はもう、二階の二部屋はしんと静まり返った。

おいちは再び考え込んだ。

これは、どういう意味なのだろう。

露寒軒の周りに、甲斐庄家の配下の者がいるなんて――。それは、つまり素性を偽って他人になりすまし、露寒軒を探っている隠密がこの家にいる、ということではないのか。

もしこれが本当ならば、一体、誰が隠密なのだろう。

おさめだろうか。いや、おさめは息子の病を治したくて、露寒軒の歌占にすがるためここへ来たと言っていた。息子がいるのは本当のことだし、これまで聞いたおさめの素性に怪しげなところはない。

（でも、もしすべてが仕組まれたことだとしたら――）

おさめばかりでなく、おさめの息子としてこの家へ現れた仙太郎もまた、甲斐庄家の手の者だとしたら――。それは決してあり得ぬことだと、おいちには言うことができなかった。

一体、誰のことを言うのだろう。幸松はいくら何でも幼すぎる。しかし、亡くなったという幸松の祖父はどうだったのか。いや、それよりも疑わしいのは、柳沢家へ行った扶の方か。

(もしかしたら、小津屋さんの中にだって、隠密がいないとは限らないのかも――)

美雪、仁吉、いや、あるいは支配人その人かもしれない。それより、露寒軒と古い馴染みらしい筆屋、あずさ屋の主人の方が怪しいか。

いや、そんなはずはない。誰もが皆、江戸へたった一人で出てきて、頼る者もいなかったおいちを支えてくれた人々ではないか。

恩義を感じこそすれ、その人柄を疑うなど、してはならないことである。

ならば、七重の文に偽りがあるのか。

(ううん、七重姉さんを疑うなんて――)

颯太の姉であるというばかりでなく、真間村ではおいちを実の妹のようにかわいがってくれた人ではないか。

おいちは激しく首を横に振った。

どうすればいいのか、何を信じればいいのか、まるで分からない。

いや、今は真実が何かということより、『御当代記』をどうするか、ということだけ考えればいいはずだ。

（いっそのこと、露寒軒さまにすべてを打ち明けてしまえば――）

颯太の危機だと訴えれば、露寒軒はおいちの力になってくれるのではないか。真間村では、あの祖父角左衛門を前に、おいちを養女にするとまで言ってくれたのである。実は情に篤（あつ）く、思いやりのある人柄だということは、疑いようもない。

（でも、「ひそかに」ってあるのに、そんなことしたら、今度は颯太の身が危うくなるんじゃ――）

そう思うと、露寒軒に相談することもできない。

また、露寒軒の身近に隠密がいると言われれば、おさめや幸松が信じられないわけではないが、彼らに相談を持ちかけるのも躊躇（ためら）われた。

（どこかに誰か――。絶対に隠密でないって信じられる人はいないの？）

だが、そんな人物が今のおいちの周りにいるはずもない。

おいちはその夜、まんじりともできなかった。


そして、その翌日のこと。

昼になる少し前に、客に混じってやって来た者がいた。

「帰ったわよ。あら、前と違って、ずいぶんお客さまがいらしてるのねえ」

柳沢家へ試し奉公に上がっていたお菊であった。

三月の試し奉公が終わり、いったん里帰りしたのだ。いつものおいちなら、「帰ったって何よ。あんたの家はここじゃないでしょ。真間村の実家へ帰ればいいじゃないの」とでも言い放つところであったが、この時は違った。

（お菊！　そうよ。あの子だけは隠密のはずがない）

それだけは確かだと、おいち自身が納得できる。

何しろ、子供の頃から知っている相手だし、家出をするまでは同じ敷地で暮らしていたのだ。どう飛躍したところで、甲斐庄家の主人とお菊が接触するなどあり得なかった。

「せっかくお菊さんが帰ってきたんだし、今日は八つ（午後二時頃）で歌占も代筆も切り上げるってことにしませんか」

というおさめの提案により、八つ過ぎからは、茶菓子などを食べつつ、お菊をねぎらう会となった。

「あたしって、ほら、行儀作法だってちゃんとできるし、物怖じしたりもしないから、お屋敷でのご奉公とか、ほんとに向いてると思うのよね。初めは、京から下ってきた人もいるって聞いたし、江戸育ちの人もいるっていうから、あたしなんか、田舎者扱いされちゃうのかなって、ちょっと心配もしてたんだけど」

柳沢家での出来事を語るお菊の口は滑らかだった。

「皆、大したことないっていうか。こう言っちゃ何だけど、あたしの方が断然、目立ってる感じがするのよね」

「そりゃあ、お菊さんは別嬪さんだし、江戸の流行(はや)りもちゃあんと分かってるしねえ。おまけに、小袖だってたんと持ってったから、お屋敷で決まり悪い思いをすることなんか、なかったんだろ？」

おさめがにこにこしながら相手をしている。

「そうなのよ。まあ、上流の方がお召しになるような絹物は持ってないけど、あたしの小袖だって、町娘にしちゃ上々のもんでしょ。町方から奉公に上がった人たちからは、うらやましがられちゃったわ」

「それじゃあ、お菊さんはいよいよこれから、柳沢さまのお屋敷で本式のご奉公に上がることになるのかい？」

おさめがそう尋ねた時だけ、お菊の表情が少し変わった。

「それなのよねえ。どうしようかしら」

あれだけ奉公に出ることを強く望み、今も奉公先が楽しくてしようがないという様子でありながら、奉公を続けることは躊躇っている。

「まあ、試し奉公も終わって、骨休みできるいい機会なんだし、よく考えるといいよ」

そんなのんびりした会話が交わされている間、おいちはじりじりしていた。会話に加わろうという気にもならない。とにかく、お菊と二人きりになれる時がほしかった。

あれだけ信頼していた露寒軒宅の人々に、重大な隠し事をし、それを相談することもでれる。
きない自分のことが疎ましい。同時に、何も知らぬ皆の明るさも、煩わしいとさえ感じら
そんなおいちの変化に、お菊は夕方頃になってようやく気づいた。
「何だか、あんた、元気がないのねえ。悪いものでも食べた？」
その訊き方には、いつもながらおいちをむっとさせるものがあったが、今はとにかく誰
かにすがりつきたい気分である。
「お菊、あんたに話があるの。ちょっと、あたしの部屋に来てくれない？」
おいちはそれを機にそう言うなり、お菊の手を引いて立ち上がった。
「あたしの部屋って、今日からはあたしがそこを使わせてもらうのよ。前と同じにね。か
まわないわよね」
お菊は早くも、おいちの部屋を横取りするつもりでいるようだ。おいちはそれにも逆ら
わなかった。
若い従姉妹同士の娘たちが、二人きりで話したいと言っても、おさめは不思議に思わな
かったようである。
「あたしの話を聞いてくれたら、部屋だって何だって譲ってあげるわよ」
おいちは言い、お菊を二階の部屋まで連れていった。すでに薄暗くなっていたので、行
燈の火を灯し、用心のため障子も戸もしっかりと閉める。
「一体、何だっていうの。こんなにもったいぶって」

お菊は不審げな目をおいちに向けた。

「颯太のことなの」

おいちは一気にそれだけ言った。ただ、その名を口にしただけで、涙があふれ出しそうになる。恋しいから、懐かしいからだけではない。今は颯太の身が心配で心配で、息をするのも苦しいほどであった。

だが、お菊の前で泣くわけにもいかず、おいちはひたすら耐えた。

お菊はそんなおいちの様子をじっと見つめながら、言葉は返さなかった。

「颯太の姉さんがここへ訪ねてきたの」

おいちはそのことから切り出した。

「颯太が、あるお武家のお屋敷に捕らわれてしまったんだって。でも、露寒軒さまのお書きになったものを持っていけば、解き放ってくれるっていうの」

くわしいことは後回しにして、とにかく要点を告げるだけで精一杯だった。

「ねえ、お菊。あたし、どうしたらいい？」

おいちはお菊にすがりつきたい思いで尋ねた。

少し前なら、お菊を頼るなど、思いつきもしないことであった。おいちには血がつながらなくとも頼りにできる人が大勢いた。

だが、今は他にすがれる人が誰もいない。同じ村で育ち、血のつながった従姉、その身元が確かに信じられるこの従姉より他には誰も――。

それでも、これまでのさまざまな経緯から、おいちはお菊の腕に本当にしがみつくことはできなかった。

すると、一瞬の後、思いもかけぬことが起こった。

お菊が自らおいちの方にいざり寄るなり、その肩を抱き締めてくれたのである。

「お菊……」

おいちはせき止めていた水があふれ出すように、わあっと声を放って泣き出していた。

第四話　契りし言の葉

一

お菊が露寒軒宅に帰ってきてくれたことは、おいちにとっては思いがけず大きな救いとなった。

お菊はその夜、夕餉を挟んで、おいちの話をすべて聞き、おいちの進むべき道を示してくれたのである。おいちは、七重の素性にまつわる話を除いて、すべてをありのままにお菊に語った。

かわいそうに、とも、大変だったわね、とも、お菊は言わなかったが、

「今は、泣いている時じゃないわよ」

という叱咤激励こそ、今のおいちにはありがたい言葉であった。

「あんたの苦しみは分かるけど……。この際、考えなきゃならないのは、颯太の方が露寒軒先生より危ういってことよ。あんた、のんびりかまえているけど、颯太は旗本のお屋敷に捕らわれてるわけでしょ。何をしたのか知らないけれど、へたをすりゃ殺められてしまうかもしれないわ」

「殺められる、なんて——」

おいちが悲鳴のような声を上げる。もうまともな判断などできそうになかった。

「颯太の立場じゃ、お旗本に斬られたって文句は言えないわ。でも、露寒軒先生についちゃ、ご身分もあるし、お名前もよく知られてるんだから、闇に葬られるなんてことにはならないわよ。そうでしょ？」

「そりゃ、そうだけど……」

おいちはうなずいたものの、その表情は曇ったままである。お菊の言う通り、露寒軒がひそかに暗殺されることは決してあるまい。だが、お縄を頂戴することもあり得ない話なのかどうか、おいちには判断がつかなかった。

「でも、露寒軒さまのことだから、今の世の中の悪口でも書いてるんじゃないかと思うのよ」

「そんなことを書いてる人はきっと他にもいるわ。書いてなくったって、考えてる人は大勢いるわよ。そうしたものを版元に持っていって売り出したっていうならともかく、そうじゃないでしょ。だったら、いきなりつかまったりはしないわ」

お菊は訳知り顔で、決めつけるように言う。

勝手な思い込みでしゃべっているのか、それとも、おいちが思っているよりずっと、お菊は世の中のことを知っているのか。おいちはこの従姉（いとこ）のこともよく分からなくなってきた。

そうしたおいちの混乱を感じ取ったのか、お菊は「あたしは地本問屋でもいいお客だったの」と言った。確かに、これまでも喜八をお供に、江戸へ買い物に来ていたのだから、お菊が草双紙などを売る地本問屋の客だというのは、嘘ではないだろう。お菊がおいちより、そうした事情にくわしくても不思議ではない。

「それに、万一、先生がお縄になったたって、いろいろ手を尽くせばいいじゃない。あんた、北村季吟先生と顔見知りなんでしょ。季吟先生は幕府歌学方だし、お偉い方々にも顔がきくわ。あたしたちから柳沢のお殿さまにお頼みすることは無理だけど、季吟先生ならおできになるでしょ。それに、いざとなれば、柳沢さまの奥方さまだって――」

「町子さまのこと？」

「そうよ。あたし、お仕えしている時、奥方さまに呼ばれたの。あんたの従姉だと聞いて、あたしに会ってみたいってお思いになったんですって。あんたには世話になったたって、あたしにまでお礼をおっしゃるんだもの。吃驚しちゃったわ。まあ、それはともかく、奥方さまが感謝なさってるってことは、あんたが困ってる時には助けようっていうお気持ちがあるってことだと思うのよ。露寒軒先生を助けてください、っていう口利きくらい、してくださるって」

「そんなにうまくいくかしら？」

おいちはいつになく、自信のなさそうな口ぶりで訊く。

「いくに決まってるでしょ」

お菊は押しかぶせるような調子で答えた。

「だから、あんたは余計な心配なんかせず、露寒軒先生の書き物を手に入れなさい。いいわね」

「それって、黙って持ち出すってこと？　それとも、露寒軒さまにすべてを打ち明けてご相談した方がいいのかしら？」

おいちは心を決めかねたまま、いつになくおろおろと、お菊に問うた。お菊はほんのわずか、沈黙していた。

「すべてを打ち明けたら、露寒軒先生が例の書き物を渡してくれると思うの？」

お菊の口調は落ち着いたものになっていた。それまでの勢いのよさは消え失せている。

「それは、分からないけれど……」

おいちが困惑した表情で答えると、お菊はふうっと大きな息を吐き出した。

「あたしにもその答えは分からないわ。だけど、万一、露寒軒先生が渡してくれなかったら、そこですべてが終わってしまう。露寒軒先生が危険を感じて、その書き物を燃やしてしまったりしたらどうするの？　颯太を助け出す術はそこで消えてしまうのよ」

颯太を助けられない、それは助けられる方法を知っていながら、颯太を見捨てることに他ならない。

それだけは絶対にしてはならないという強い思いが、怒濤のようにおいちの胸に押し寄せてきた。そして、それはおいちの胸に宿っていた躊躇いや不安を一気に押し流した。

「あたし、やるわ！」

おいちは迷いを振り捨てるように、思い切って言った。

「そうよ。そうこなくっちゃ」

おいちを励ますように言うと、すぐに、

「露寒軒先生が留守の時を狙わなくちゃね。散策に出かけた時か、銭湯に行く時くらいかしら」

と、お菊は計画を詰めにかかった。

「最近は、お店が忙しくて、散策にはあまり出て行かれないわ」

「それじゃあ、銭湯の時かしらね。おさめさんと幸松もいない時の方がいいわよね。だって、あの人たちがその旗本の手先ってことも……まったくあり得ないってわけでも、ないんだし……」

お菊の物言いも少し歯切れが悪くなる。おさめや幸松への疑念を聞くと、おいちの胸も痛んだ。二人が露寒軒を探っているなど、絶対にあり得ないと思うのに、今は完全にそう信じ切れない自分が恨めしい。

「なら、露寒軒先生と幸松が一緒に銭湯へ出かける時、あたしがおさめさんを誘うわ。あんたは適当な理由をつけて、留守番を引き受ければいい。その間に例の書き物を探すのよ」

「う、うん」

おいちはうなずいた。

露寒軒の書き物が置いてある場所は、歌占の客を招く座敷、露寒軒の寝所、そして、離れの物置のいずれかだろう。客の目に触れる座敷や、ふだん使わない物置にあるとは考えにくい。まずは寝所を探るのがいちばんだろう。

おいちの考えを聞くと、

「それでいいわ」

と、お菊はおもむろにうなずいた。

「いいこと？　他のことは何も考えず、あんたはただ颯太のことだけを考えてればいいの。颯太のことだけをね」

お菊も七重も同じことを言う。

本当にそうだ。もう他に道はない。おいちも覚悟を決めた。


機会はお菊が帰ってきてから二日後にやって来た。露寒軒が銭湯に行くのに幸松も従うというので、お菊は打ち合わせ通り、自分も行くと言い出した。

「おさめさんとおいちも一緒に行ってくれるわよねえ」

おさめだけ誘うと変に思われると考えたのか、お菊はおいちのことも誘ってきた。

「でも、留守番がいた方がいいだろうねえ。おいちさん、付き合ったげなよ。あたしが留守番をしているからさ」

おさめが先にそう言った。おいちは慌てて、

「あたし、頼まれていた代筆の仕事がまだ残っているの。それを片付けてしまいたいから、おさめさんがお菊に付き合ってあげて。あたしは露寒軒さまたちと入れ替わりに、出かけることにします」

と言い、「そうかい。お先に悪いねえ」などと言っているおさめの背を押すようにして、銭湯へ送り出した。

露寒軒たちは先に家を出ている。半刻（約一時間）は帰らないだろうが、それでも急がなくてはならない。

おいちは行燈（あんどん）を手に、一階にある露寒軒の寝所に入り込んだ。

奥に据えられた文机（ふづくえ）の上には、何冊かの書物が置かれている。おいちはまず、それらの書物の名前を確かめ始めた。

「御当代記、御当代記……」

呟（つぶや）きながら、違うものを脇へどけてゆく。見つけ出したい書物は見つからなかった。

本当に危険な内容なら、机上に置きっ放しにはしないかもしれない。部屋の中を改めて見回してみると、書棚が一つ置かれていて、そこにも何冊かの書物が平積みになっていた。

おいちはその前に行き、また一冊ずつ表紙の題を確かめ始めた。印刷された本もあるが、露寒軒自身が書いたらしいものもあった。例の金釘（かなくぎ）ばった悪筆なので、すぐにそれと分かる。

（そうだわ。露寒軒さまがお書きになったものなら、この筆跡なのよね）

露寒軒の筆跡のものを探せばいいのだ。しかし、ここではたとおいちは困り果てた。

露寒軒の字は読めないのだ。

すでに何冊か、露寒軒が書き記した冊子本が見つかっているが、表紙の題がまず読み取れない。

「えっと、これは……何とかの一本（ひともと）、って読むのかしら。でも、最初の文字が漢字で、よく分からない……」

これでは、仮に『御当代記』が目の前にあったとしても、おいちはそのことに気づけないのではないか。

どうすればよいのだろう。露寒軒の筆跡で書かれた書物をすべて持ち去ってしまうというわけにもいかないだろうし……。

おいちは書物を探す手も止めて、途方に暮れてしまった。

その時だった。

おいちの後ろの戸が突然、がらりと開いた。

帰ってくるにはまだ早すぎる。それで、油断していたせいか、足音が近付くのにも気づけなかった。

「わしの部屋で何をしておる」

露寒軒の声がおいちの耳を打った。いつも叱り飛ばされる時のような大声でもなければ、特におういちを咎め立てるような響きでもなかったのだが、おいちの身は硬直した。

「あ、あたし……」

おいちは振り返ることもできずに、ただ口だけを動かしていた。言葉をしゃべっているというより、ただ息だけが外へ漏れているような気がする。

「お前は銭湯へは行かなかったのか」

露寒軒が何事もなかったかのようなふつうの声で尋ねた。留守中に黙って部屋へ入り込まれ、持ち物を物色されていたというのに、おかしな話だった。

だが、そのことをとやかく考えてみることも、この時のおいちにはできなかった。

「は、はい……」

ようやくふつうに声が出てくるようになったらしい。

「露寒軒さまは……どうして――」

「急に風呂に入る気が失せたゆえ、幸松だけ行かせて、わしは帰ってきた。帰りは、どうせ女湯の方が遅くなるに決まっているから、表でおさめらを待ち、一緒に帰ってくるようにと言い聞かせてある」

「そ、そうですか」

おいちは続く露寒軒の言葉を待った。

雷が落ちるのも避けられまい。そう身構えていたが、何も起こらなかった。

「いつまで、ここにおるのじゃ」

露寒軒はさっさと文机の前に座り込み、おいちにふつうの声で尋ねた。

「えっ、いえ、あの……」

「持っていきたい書物があるなら、持っていけばよい」

露寒軒の声はいつもと同じ、いや、いつもより穏やかと言えるほどである。

「で、でも、あたし、勝手にお部屋に入って……」

「だから、何だ。わしに問いただしてほしいとでも言うのか」

「い、いいえ、そういうわけでは……」

「して、欲しい書物は何じゃ。お前が手にしているのは、わしの歌集『紫の一本』のようじゃが……」

「あっ」

おいちは自分の手に目を落として言った。探していた書物ではない。

「いえ、違うんです。あたしは『御当代記』を――」

おいちは思わずそう言ってしまった。

「『御当代記』とな？」

露寒軒が言って、おいちの方を振り返る。おいちは露寒軒の顔を見ることができなかった。

すると、露寒軒は立ち上がり、固まったまま動けずにいるおいちの横をすり抜けて、書棚の前に立った。それから、一番上の棚に手を伸ばし、やがて一冊を抜き取って中身を確かめると、おいちにあっさり差し出した。

「これが『御当代記』じゃ」

と、露寒軒はふつうの声で言う。

「受け取っても……いいのですか」

おいちは恐るおそる尋ねた。

「読みたいのであれば、持ってゆけ」

そう言われた時、おいちの胸に込み上げてくるものがあった。

「どうしてですか。あたしは露寒軒さまのお留守に、泥棒みたいにお部屋へ忍び込みました。勝手に書き物を漁っていたのに、どうして露寒軒さまはあたしを咎めないんですか」

「弟子たる者、師匠の力を盗んで偉くなってゆくものじゃ。学者であれ職人であれ、それは同じこと」

露寒軒は淡々と言う。だが、おいちは首を横に振っていた。

そうではない。自分は露寒軒から弟子と言ってもらえるような者ではないのだ。

「あ、あたし――」

おいちは差し出された『御当代記』を受け取ることもできずに、そのまま両手で顔を覆った。恥ずかしくて、露寒軒に合わせる顔がない。

「申し訳ございません！」

おいちはその場に座り込み、畳に額をつけて謝罪した。これ以上、露寒軒の前で偽り続けるわけにいかなかった。

「あたし、露寒軒さまの許から『御当代記』を盗もうとしてたんです」

　おいちはまずそのことを打ち明けて、そっと露寒軒の顔色をうかがった。露寒軒は何も言わず、特に表情を変えることもなかった。

「実は、あたしの大切な人が捕らわれの身になっていて……。その人は七重姉さんの弟です。捕らえたのは、七重姉さんが今身を寄せている甲斐庄っていうお旗本で、露寒軒さまの『御当代記』を持ってゆけば、許してくださるからって言われて」

　おいちはもう黙っていることが苦しくて、すべてを吐き出してしまった。話しているうちに涙が出てきた。ただ、己が情けなくてたまらなかった。

　露寒軒はやはり無言であった。

　身の置きどころがない——そのつらさを、おいちは嚙み締めていた。頭ごなしに大音声で叱られることが、どれほど気持ちの楽なことであったか、今さらながら思い知らされる。何も言ってもらえないのは、何より身にこたえた。

「露寒軒さまはもう……あたしを信じてはくださいませんよね。弟子と言ってくださった御恩に報いるどころか、裏切りを働いたあたしのことなんて」

「お前はわしに嘘を吐いたり、騙したりしたわけではあるまい」

　不意に、露寒軒がぽつりと言った。

　おいちは思わず顔を上げた。涙でかすんだ目に、露寒軒の顔がぼうっとかすんで見える。

露寒軒は怒ってもいなければ、おいちを哀れんでいるわけでもなかった。

「仮に、お前が甲斐庄とやらの隠密であっても、わしはかまわぬ」

と、露寒軒は続けて言う。

「で、でも、それでは――」

「人は誰しも、他人に自分のすべてを見せるわけではあるまい。わしがお前たちにすべてを語ってきたか。お前とて、過去を包み隠さず、わしやおさめに話してきたのか。そうではあるまい。ならば、お前が誰ぞの隠密ということを隠していたとて、それは別に責められるようなことではない」

露寒軒の落ち着いた声が、おいちの胸に沁み込むように注がれる。

「それでも、こうして幾月かを共にし、結んだ絆は偽りのものではあるまい。怒ったり、笑ったりして見せた態度にはすべて裏があった、というわけでもあるまい」

「それは、もちろんです。それに、あたしは隠密なんかじゃありません。けど、もしかしたら、露寒軒さまの周りには隠密がいるかもしれないんです。露寒軒さまの『御当代記』のことを甲斐庄さまに漏らした誰かが――」

「それが誰であっても、わしはかまわぬと申しているのじゃ。わしはわしの目に映ったことのみを信じる。お前は嘘を吐いて、わしを裏切ったわけではない。この書物が欲しいのならば欲しいと言えばよい。その甲斐庄とやらにくれてやれ。これが読めるというのなら、好きに読めばよかろう」

露寒軒はおいちが受け取ろうとしなかった『御当代記』を、おいちの目の前の畳の上にどさりと置いた。その表紙の文字が『御当代記』だと、おいちには読み取れなかった。そうだと思って見れば、確かにそのようにも読めるかもしれないが……。

（もしかして、露寒軒さまはこういう時のために、わざと読みにくい字をお書きになっていたのかしら）

おいちはふと、そんなことまで考えた。

そうだとしたら、露寒軒は甲斐庄家の主人などより上を行く剛の者ではないのか。

しかし、わざと読みにくい字を書くというのも、たやすいことではない。

おいちは露寒軒という人物が分からなくなった。

「もしかして、ここにご公儀への批判は書いていらっしゃらないのですか」

露寒軒がこれほどたやすく『御当代記』を渡してくれたというのは、そういうことではないのか。期待をこめて、おいちは問うた。だが、露寒軒の返事は「否」であった。

「だが、これを読んで、わしを処分しようとするなら、公儀に人なし、と言うべきだろう。さような世の中なぞ、わしは未練もない。この命、くれてやるわ」

露寒軒は淡々とそう言い捨てると、再び文机の方へ戻り、その前に座った。もうおいちをかまおうともしない。

おいちは涙に濡れた顔を袖でぬぐうと、『御当代記』を手に取った。もう一度、露寒軒の背中に向かって深々と頭を下げる。

「……ありがとうございます」

おいちは言い、『御当代記』を押しいただくようにして、露寒軒の部屋を後にした。

二

銭湯から戻ってきたお菊は、事の顚末(てんまつ)を聞くなり、

「露寒軒先生が先に帰ったと聞いた時には、もうだめかと思ったんだけど、あんたの話を聞いて、本当に安心したわ。さすがに露寒軒先生は器の大きなお方ね。あたしたちには量れないくらい、器が大きいんだわ」

と、はしゃいでいるような声を上げた。

露寒軒に現場を押さえられたにもかかわらず、叱り飛ばされることも、追い出されることもなく、こうして無事に『御当代記』が手に入った。

安堵(あんど)の余り、浮足立つお菊の気持ちはおいちにも分かる。だが、喜びに浸り切ることはできなかった。

(何かが違ってしまった)

それは、もう二度と、露寒軒から信頼してもらえないのではないかという不安のせいか。

口では、あのように言っていても、やはり露寒軒はおいちに失望したのではないか。信じて家に住まわせ、養女にしてもよいとまで言ってやった娘から、泥棒まがいの仕打ちを受けたのだ。傷つかなかったはずがない。

（やっぱり、これは露寒軒さまに返さなくちゃいけないんじゃないかしら）

『御当代記』が手に入った後もなお、おいちは迷い続けていた。

「それじゃあ、さっそく明日のうちに、それを甲斐庄っていう旗本の屋敷に届けるのよ」

お菊からそう促されても、

「……ええ」

どこか煮え切らない返事をすることしかできない。

おいちはその夜、布団の下に『御当代記』を入れて床に就いた。

お菊がおいちの部屋を一人で使っているので、おいちはおさめの部屋に寝かせてもらっている。おさめの素性を疑わなくてはならない時に、二人きりになるのはつらい。といって、いつもと違う行動を取って、疑われるのは避けたかった。

おいちはできるだけ、今まで通りに振る舞おうとしているのだが、

「何だか、おいちさん。近頃、元気ないねえ」

この夜はおさめから、心配そうに声をかけられた。

「せっかく七重さんと会えたのに、颯太さんの行方が知れぬままじゃ、気も逸るだろうけれどさ。今は七重さんっていう手がかりもあるんだし、待つしかないと思うよ」

「うん、分かってる。待つのは今に始まったことじゃないし、あたしは平気よ」

「それじゃあ、近頃、忙しくなったのが祟っているのかねえ。代筆の仕事が増えたのは、あたしも嬉しいけどさ。あんまり無理しちゃいけないよ」

こんなふうに優しい言葉をかけてもらうのが、今は心苦しい。それを素直に聞くことのできない自分も、おいちは嫌でたまらなかった。

とにかく、今はこの『御当代記』をどうにかしてしまいたい。

その夜、おいちは何度も寝返りを打ちながら、布団の下の本のことが気にかかり、なかなか寝つけなかった。

(本当に、甲斐庄さまにお渡ししてしまっていいのかしら。露寒軒さまの身に何かあったら――)

露寒軒はもしかしたら、おいちのため、自分の身が危うくなるようなことになってもかまわないと考えているのかもしれない。また、そうした苦難に耐えられるという自信もあるのだろう。

だが、当人はそうでも、その身内はどうだろうか。

露寒軒には妻がおり、子も孫もいる。

その人たちは、露寒軒が自分たちの許に帰ってきて、共に暮らせる日を待ち望んでいる。

貞林尼は――お凜は、そして柚太郎は、もしも露寒軒がお縄を頂戴することになったら、どんな思いを抱くであろう。

それが、おいちによってもたらされた結果であると、知ったならば――。

(そうよ。やっぱり露寒軒さまを敵に売るようなことをしてはいけない!)

おいちは夜の床の中で、目を大きく見開きながら思った。

露寒軒がよいと言ったからといって、それに従っていいわけではないのだ。

露寒軒はただ、露寒軒一人だけのものではない。露寒軒に何かあれば、露寒軒以上に胸を痛める人たちがいる。

おいちだって、その一人だ。だが、それ以上に――。

（貞林尼さま、お凜さま、柚太郎さま）

おいちはその人たちの顔を順繰りに思い浮かべ、胸を熱くしていた。

今、気がついてよかったと思う。そうでなければ、朝いちばんに八丁堀へ向かい、甲斐庄家の屋敷へ駆け込んでいたかもしれない。

ただ、颯太を助けたいという一心だけで――。

だが、颯太を想う自分があるように、露寒軒を想う身内の人々がいる。その人たちを犠牲にして、自分の心だけが安泰になればよい、などということがあるはずないではないか。

（あたしは、颯太のことしか考えられなくなっていた――）

それが間違っていることに気づかせてくれたのは、露寒軒と露寒軒を想う身内の人々だった。そして、おいちの望むまま『御当代記』を差し出してくれた露寒軒――その尊い情けに、一体どう報いればよいのだろう。

（とにかく、明日の朝になったら、まず『御当代記』を露寒軒さまにお返ししよう。お身内のことを思えば、『御当代記』を差し出すことはできないと、はっきり申し上げよう。その上で、露寒軒さまのお知恵を拝借させてくださいと、お願いしよう。そうよ。初めからそうしなくちゃいけなかったのに……）

　おいちはそう心を決めると、少しばかり喉のつかえが取れたような気になった。早く夜が明けてほしいという気持ちにもなった。ついさっきまでは、夜明けがずっと来なければいいと考えていたというのに……。

　不思議なことに、そう考えたら、少しばかり眠気が訪れた。いつしかうとうとしていたらしい。

　次に意識が戻った時にはもう、夜明け間近をうかがわせる頃合いであった。部屋の中は完全な闇の中ではなく、障子を通して漏れる外の明かりが、部屋の中のものの輪郭をほのかに浮かび上がらせている。

　横を見ると、おさめはまだ寝ているようだ。

　おいちは音を立てぬように気をつけながら、静かに起き出し、身じまいをした。

　夜具を片付け、布団の下に隠しておいた『御当代記』をそっと取り出す。おいちはそれを懐にしっかり収めると、おさめの部屋を出た。

　足音を忍ばせながら、階段を下りてゆく。

　まだ露寒軒も寝所から出てはいないだろう。起き出してきたらすぐに『御当代記』を返さなくてはならない。

　おいちは露寒軒の部屋の前を通り抜け、裏庭で井戸水を汲み、顔を洗った。冬の朝の水は身が縮むほど冷たく、だが、それだけに身も心も引き締まる思いがする。

それが終わると、おいちは暇をつぶすため、表玄関の方へ向かった。不意に、梨の木を見ながら夜明けの時を迎えたくなったのだ。

もう十月も下旬になり、朝晩はめっきり冷え込むようになった。梨の木は葉もすべて落ち、すっかり冬枯れの装いである。

（そういえば、今年の春まだ浅い頃、あたしはこの梨の木を見ながら、颯太のことを想っていた――）

冬枯れの梨の木を見ていると、何とも言えず物悲しく、二度と颯太に会えないのではないかという気持ちになったこともあった。

今ももちろん、先のことはまったく分からない。だが、少なくとも颯太が生きていることは確かだし、今どこにいるのかも分かっている。

今年の春に比べれば、ずいぶんと事態は好転していると言えるのではないか。

おいちは己を奮い立たせるように、そう思った。

裸の梨の木は春を待ちながら、寒さに耐えて生きている。自分もそうありたいと、おいちは心から強くそう願った。

その時だった。

後ろの玄関の戸が開いて、中からおさめが現れた。

「おや、おいちさんも今朝は早いんだね」

おさめはにこやかに笑いかけてきた。

「露寒軒さまと一緒に、朝の散歩にでも行ったのかと思ったけど、おいちさんは一人かい？」

「えっ、露寒軒さまって？」

「玄関に、露寒軒さまとおいちさんの履物がなくなっていたから、二人で外に出たのかって思ったんだけど。じゃあ、露寒軒さまはお一人で散歩かしらねえ。最近はお客がひっきりなしに来るから、昼の散歩に出かけることもお出来にならないもんねえ」

おさめのおしゃべりはのんびりと続けられた。だが、おいちはそれを遮って、

「露寒軒さまの履物がないって、どういうこと？」

と、大きな声を出していた。

「どうって、いつもの履物がなくなってたんだよ。別に慌てるようなことじゃないだろ。朝餉（あさげ）の仕度が調（ととの）う頃には、戻っていらっしゃるよ」

おさめは、おいちの剣幕にむしろ驚いたようであった。

おいちはおさめの横を通り抜けて、玄関へと戻った。

迂闊（うかつ）だった。露寒軒は部屋にいるとばかり思い込んで、履物まで確かめようとしなかったのだ。

おいちは急いで中へ上がると、露寒軒の寝所へと走った。

「あっ、おいち姉さん。おはようございます」

途中の廊下で幸松が挨拶してきたが、返事もしなかった。

つんのめるような勢いで、露寒軒の寝所の戸を開ける。

中には誰もいなかった。夜具もきれいに片付けられている。

——あの人はまた、いつふらっといなくなるか分からないから。

貞林尼の言葉が突然よみがえった。

露寒軒は旅に出てしまったのではないか。

確か、最初に旅立ったのは、長男の死に遭った後だという話だった。その時は、どうしても江戸にいたくなかったと、露寒軒自身の口から聞いた。

(どうしよう。露寒軒さまはあたしのせいで、もうこの家にはいたくないとお思いになってしまわれたんじゃ——)

きっとそうに違いないと、おいちは思い込んだ。

『御当代記』を収めた懐に掌をぎゅっと押し当てる。

(あたしが露寒軒さまを旅立たせてしまった——)

そう思うなり、おいちは露寒軒の寝所を飛び出した。

今、脱いだばかりの草履を引っ掛けるように履いて、外へ駆け出してゆく。

「ちょいと、おいちさん。どこへ行くつもりだい？」

目を丸くしたおさめが、慌てて声をかけてきたのにも気づかず、おいちは一心不乱に走り続けた。

三

梨の木坂の家を飛び出した時は、どこへ行こうと、自分でもはっきり分かっていなかった。

だが、途中でおいちは自分の足が三河島へ向かっていることに気づいた。

（貞林尼さま、お凛さま）

おいちの胸にあるのは、露寒軒の身内の顔だったのである。

とにかくすべてを打ち明けて、あの方たちに謝らなければならない。おいちの胸中にある思いはそれだけだった。

息が切れるまで走り、苦しくなると徒歩に切り替える。それでも、苦しい時は立ち止まって、肩で息をした。

だが、すぐにこんなにゆっくりしている時ではないのだと思い直し、再び走り出す。それをくり返した。

三河島へ向かううち、遅い冬の日も明けきった。うっすらとたゆたうようだった朝の光が、ゆっくりと輝きを増していき、やがて日もすっかり昇りきる。細長い雲がかすかに棚引いている、よく晴れた日であった。

だが、おいちには、その好天がどことなく恨めしかった。

恩を仇で返すような仕打ちをした自分に、この天気はふさわしくない。いっそのこと、土砂降りの雨にでも降られた方が、まだしも気が楽になっただろうに――。

　そうして一刻（約二時間）ばかりも経ったただろうか。

　商いをしている店は、すでに客を迎える仕度を調え、手代や小僧たちが出たり入ったりする頃合いになった。通りには棒手振りたちが声を張り上げながら、行き交っている。

　おいちはその頃、何度か出入りしたことのある三河島の戸田屋敷に到着した。

　訪いを告げると、女中が現れた。前に、お凜の供をして梨の木坂の露寒軒宅へ来た若い女中である。互いに顔を見覚えていた。

「あら、ご隠居さまのところの――」

　女中はそう言うなり、少し驚いた表情を浮かべた。

「あの、貞林尼さまかお凜さまに会わせていただきたいのですが」

　おいちは声もかすれたまま、必死の形相で告げた。

「はい。今からお伝えしてまいりますが、あのう、お加減が悪いのですか」

　女中はおいちを気づかわしげに見つめている。

「大事ありません」

　おいちはきっぱりと言い、すぐに奥へ知らせてくれと、さらに頼んだ。その様子が切羽詰まっているように見えたのか、女中は黙って奥へ下がっていき、すぐに戻ってくると、

「ご案内します」と告げた。

　おいちは急いで中へ上がり、脱いだ草履をそろえていると、

「それにしても、どうせなら、どうしてご一緒に来られなかったのですか。貞林尼さまも奥方さまも、そうおっしゃっておられましたよ」

と、女中が後ろから尋ねてきた。

「えっ？」

おいちは声を上げて、そのまま振り返る。女中が不思議そうな顔をして、おいちを見下ろしていた。

「ご一緒にってどういうことですか」

おいちはぱっと立ち上がりながら訊き返した。その勢いに気圧されたのか、女中は一歩下がりながら、

「ご隠居さまとご一緒に、という意味ですよ」

と、少し辟易した様子で答える。

「ええっ！　それじゃあ、露寒軒さまは今、こちらにいらしているんですか」

おいちは女中に詰め寄りながら尋ねた。

「もしかして、そのこと、ご存じなかったんですか」

女中は、半ばあきれたという表情を見せたものの、

「ああ、それじゃあ、勝手に出て行かれたご隠居さまを捜して、ここへいらしたんですね」

おいちの必死さにようやく合点がいったという様子で、「どうぞこちらへ」と笑顔を見

せた。

（露寒軒さまがここにいらっしゃった！）

おいちは今この場で叫び出したい思いであった。

露寒軒の所在が知れたというだけで、もう飛び上がりたいほどの嬉しさだが、その上、三河島の貞林尼やお凜の許へ自ら戻ったという事実には、胸が痛くなるほどの喜びが込み上げてくる。

（よかった）

おいちは心の底からそう思った。

（本当に、よかった）

まだ胸の震えが止まらぬうちに、おいちは女中に連れられて、奥の座敷へ案内された。

そこには、貞林尼とお凜、柚太郎、それに、露寒軒が座っている。

まるで、露寒軒はここ何年もずっとこうして、身内の人々に囲まれて暮らしてきたとでもいうかのように、自然に寛いで見えた。

（ああ、ここが――）

本来、露寒軒のいるべき場所なのだ。一瞬で、おいちはそのことを理解していた。

「まあまあ、おいちさん。朝早くからよく来てくれましたね」

貞林尼が口許に笑みを湛えて言う。

「貞林尼さまっ！」

おいちはその温かい風貌に接するなり、体中の力が抜けていく気がして、覚えずふらりとしかけた。

「大事ありませんか」

すかさず柚太郎が立ち上がり、おいちの腕に手を添えて支えてくれる。

「は、はい。柚太郎さま、申し訳ありません」

おいちは急いで身を退き、その場に座って頭を下げた。

「ふん、飲まず食わずでここまで走ってきたのじゃろうて。無理もないわ」

露寒軒はいつものように憎まれ口を叩く。

「そうおっしゃるものではありません。おいちさんは、旦那さまがどこかに行ってしまったんじゃないかと慌てて、わざわざ私たちに知らせに来てくれたのでしょう」

貞林尼は露寒軒をたしなめるように言い、おいちに向かって「そうではありませんか」と優しく尋ねた。

「それは、その、そうなのですけれど……」

おいちがしどろもどろになりながら、それだけ言うと、

「やはり」

お凜があきれたような目を、露寒軒に向けた。

「あっ、違うんです。これはすべて、あたしが招いたことで」

お凜に言い訳するように、おいちは慌てて言った。

「何はともあれ、家の者に黙っていなくなるなんて、どうかしています」

お凜はおいちがどう言おうと、露寒軒の身勝手さを許すつもりはないようである。

「本当に違うんです。あたしは、露寒軒さまに対して、本当にひどいことを――」

おいちは必死の面持ちで言った。

「まあまあ」

貞林尼がその時、口を挟んだ。

「おいちさんもそんな端に座り込んでいないで、こちらへいらっしゃい。そして、こんなに朝も早くから、突然こちらへ現れながら、その理由を語ろうとしない旦那さまに代わって、私どもにも分かるように説明してくださいな」

どうやら、露寒軒は今朝方、何の知らせもなく三河島へやって来たが、その理由を話していなかったらしい。

おいちは覚悟を決めて、「戸田家の人々の前へと膝を進め、改まった様子で懐から一冊の書物を取り出した。

「これは、何と読むのですか」

書物を受け取ったお凜が眉をひそめて尋ねる。

「『御当代記』じゃ」

露寒軒がそっぽを向いたまま、不機嫌そうな口ぶりで答えた。

「これは何なのですか」

お凛の問いかけに、おいちは唾を飲み込んでから口を開いた。

「これは、露寒軒さまのお書きになったものです。これを手に入れたいと思う旗本がいらっしゃって、その方の許にあたしの……幼馴染みが捕らわれているんです。これをお持ちすれば、釈放してくださるって――」

颯太については、どう言おうか迷ったものの、幼馴染みというにとどめた。決して偽りではない。

「それで、おいちさんはその幼馴染みを助けるため、旦那さまのお書きになったものを持ち出そうとしたわけね」

貞林尼が穏やかな声で言う。

「旦那さまはそれをお許しにならなかったの？」

貞林尼に問われて、露寒軒は目を剝いた。

「さようなことをわしがするものか。勝手に持っていけと言った」

「また、そのようにぶっきらぼうな物言いをして。そんな言い方をされたら、おいちさんだって持っていきにくいじゃありませんか」

貞林尼がおいちを庇うように言う。

「おいちさんは、この人が怒っているのではないかと、心配していらっしゃるのね。それに、その書き物を渡してしまったら、この人の身が危うくなるのではないか、と」

今のおいちの話だけで、貞林尼はこの状況を正しく理解していた。旗本が誰なのか、などと、余計なことはいっさい訊かない。

だが、おいちは露寒軒を怒らせたと思い、胸を痛めているわけではなかった。自分の裏切りが露寒軒の心に穴を空けてしまったのではないかと、ただ気に病んでいたのだ。しかし、旅に出たのではなく、こうして身内の人々に囲まれ、威厳をもって座す露寒軒の姿を見れば、それも違っていたように思えてくる。

「まず、この人が怒るのはめずらしいことではないし、気に病む必要はありませんよ。それに、今のこの人は本気で怒ってなどいないわ。むしろ、おいちさんに感謝しているのではないかしらね。こうして、この三河島の屋敷の門をくぐるきっかけを作ってくれたのだから」

「えっ……?」

露寒軒を見ると、相変わらずそっぽを向いたまま、貞林尼ともおいちとも目を合わせようとしない。

「どういう心変わりか分かりませんけれどね。この人はやっと、ここへ帰ってきてくれました。それもこれも、おいちさんがきっかけを作ってくれたからだと私には分かっていますよ。だから、私たちはおいちさんに感謝してもしきれないという気持ちでいるの」

「ええい、うるさい。くどくどと同じことばかり申すな」

露寒軒の雷が落ちた。大きく見開いた目で、貞林尼を睨みつけているが、貞林尼は平然としたものである。

「お待ちください」

　思わず、おいちは口を開いていた。

「どうか、これだけはお答えください。今、貞林尼さまのおっしゃったことは本当なんですか。あたしのことがきっかけで、こちらへお戻りになろうと思ったのですか」

　おいちは露寒軒に真剣な眼差しを向けて尋ねた。これだけはどうしても聞いておかなければ先へ進めない。

「……そうじゃ」

　重苦しい口ぶりではあったが、露寒軒は認めた。

「でも、どうして」

　おいちには露寒軒の心が分からない。

　身近な者に裏切られたというのに、どうして身内の許へ足を運ぶ気になったのか。他人であるおいちに幻滅し、血のつながる身内が恋しくなったというわけでもないようだが……。

「お前のなりふりかまわず男を想う姿に、どういうわけか、心が動いた。わしにもどうしてなのかは分からぬ」

　露寒軒は再びそっぽを向いて呟くように言った。

「露寒軒さま……」

「わしも相当な意地っ張りだが、今はその意地を捨てた。お前も意地を張るのをやめてはどうか」

ふと気がつくと、露寒軒の眼差しが自分に注がれていた。

「おいちさんもこの人に負けず、意地っ張りなんですね」

貞林尼がおかしそうに、口許に手を当てて笑いながら言う。

「好きに持っていけと言われると、持っていけなくなったんでしょう。もちろん、この人の身が危うくなるようなことになってはならないと、心配もしている。でもね、この人なら大事ありませんよ。仮にこの書き物の中に、何かお上を悪く書いているような箇所があったとしても、それだけでこの人を処罰することは、お上もなさらないと思いますよ」

「どうしてですか」

「それは、まあ、この人のご実家のお血筋がものを言うわけだけれど。弟の大沢傳左衛門さまもいらっしゃることだし。傳左衛門さまは高家(こうけ)旗本のお家なわけですしね。この人自身もそれなりに顔が広いことだし、いざとなれば、この人のために働いてくれる方々がおります。だから、おいちさんは安心して、この書き物を必要としている人のところへお持ちなさいな」

「ご事情は大体分かりました」

お凜がその時、口を開いた。

「わたくしも母上がおっしゃるのとまったく同じ考えです。そもそも、そのような汚い真似(まね)をして手に入れた書物に何が書いてあろうと、表沙汰(おもてざた)にすることなどできませぬ。相手はただ父上が何を考えているか知りたいだけでしょう。万一にも、表沙汰にするような真似をした時には、このわたくしがその旗本をやっつけてやりますから、安心なさい」

お凜はどんと胸を叩くような勢いで、おいちを励ましてくれる。

おいちは泣き出したくなった。両目の奥がじわっと熱くなってくる。

「ありがとう……ござい——」

後はもう言葉にならなかった。

おいちは頭を下げた姿勢そのまま、畳に突っ伏し、声を放って泣いた。

四

それから数日が過ぎた、十月末のある日——。

八丁堀の甲斐庄家の屋敷では、正永が隠密の土門蔵人と顔を突き合わせていた。

二人の目の先には『御当代記』と書かれたらしい冊子本がある。

つい先頃、おいちから七重の手に渡り、正永に差し出されたものであった。「らしい」というのは、正永にはその本の表紙に書かれた文字が「御当代記」とは読めなかったからである。

「これが、例の書き物だと、七重は言うておるが、まことに本物と思うか」

正永は本の表紙から目を上げて、蔵人に尋ねた。

「はて」

蔵人は訝るような声で応じたが、続けて、

「そうでないと言い切ることもできますまい」

と、結論づけるように言った。

「この子供の落書きのような文字が、か？」

腹立たしいといった様子で、正永が吐き捨てるように言う。

「だからこそ、でございますよ」

蔵人が嚙んで含めるように述べた。

「人に知られたくないことを書き記すのであれば、人に読み取られぬ書き方をするのは当たり前のこと。おそらく、戸田茂睡はさような書き方を心得ていたか、自ら編み出したに違いありません」

「ふうむ、なるほどな」

正永の声の響きが、いくらか納得したようなものになる。

「して、それを読み解くことはできるのか」

正永から問われて、蔵人は軽く笑った。難しいわけがあるはずもないというような笑い方であった。

「我々が何のために、甲斐庄さまのお側にいるとお思いでございますか。我らには無論、そうした文字を操れる者がおり、また、読み解きを専らとする者もいるのです」

「さようか。それは心強い」

正永は蔵人を頼もしげに見つめたものの、少し考え込むような表情になると、再び眉のあたりを曇らせた。

「しかし、もしこの文字がこれまで使われた暗号でなく、戸田茂睡が独自に作り出した暗号であれば、どうなのじゃ」

「それでも、問題ありませぬ」

蔵人は即座に答えた。

「そうした暗号のようなものには、一つの法則のようなものがございます。多少奇をてらったものを独自に作り出していたとしても、我々に読み解けぬということはございませぬ。ただ、多少の暇はかかるかもしれませぬが……」

最後の言葉はほんの付け足しのように、さりげなく添えられた。そのため、正永は特に気に留めなかったようだ。

「いずれにしても読み解けるのであれば、それでよい。しかと頼むぞ」

正永の言葉に、蔵人はしかとうなずくと、

「それにつき、この道に通じた者数名を抜粋して任せるのが妥当と存じますが、これに七重の夫の佐三郎を組み入れてはいかがでしょう」

と、続けて提案した。

「なに。佐三郎を、となﾞ」

正永の表情に、少し困惑した色が走った。

「なかなか才ある男のようです。体は弱いが頭の方は切れる、とか」

「それは、確かにそうだが……」

正永の口ぶりは歯切れが悪い。

「七重はこの書き物を手に入れるにあたり、甲斐庄さまにある頼みごとをしたという話ですが」

蔵人の問いに、正永は苦々しくうなずいた。

「そうだ。弟を釈放せよと言うてきておる」

「颯太のことでございますな。あれは私も武術を指南しましたが、甲斐庄さまの不利になることを仕出かすような者ではありますまい」

「わしも、さように思うておるが……」

正永はなおも、きっぱりとうなずくには至らなかった。

「しかし、七重が約束のものを手に入れてきた以上、釈放せぬわけにもいきますまい」

「されど、これが本物かどうかは読み解いてみなければ分からぬではないか」

「それを待たせていては、七重が何をやらかすか分かったものではありませぬ。そもそも、あの女子（おなご）はずいぶんと派手なことを仕出かしたではありませぬか」

「それも、頭の痛いことよ」

正永は大きな溜息を漏らした。

「ゆえに、颯太を釈放なされませ。その上で、佐三郎をその中に加えて読み解きを急がせるのです。義弟を釈放してくれたとあれば、甲斐庄さまにいっそう恩義を感じ、励みますでしょう」

「うむ、そうかもしれぬ」

正永の心も動いたようであった。

「多少の取り決めをお定めになるのがよろしいと存じます。まずは、江戸の内から出ぬこと、ひと月に一度は顔を見せに来ること、でしょうな」

「ふむ。佐三郎と七重はここから出ぬと申しているゆえ、颯太もその取り決めには従うであろう」

「その上で、折を見て、また颯太をお使いになるのがよろしいか、と。あれは、屋敷の外に置いて、甲斐庄さまのお役に立てるのによき男と存じます」

「ふむ。ここで恩に着せるというわけだな」

「さようにございます。恨みを買うより、恩を売る方がはるかに甲斐庄さまの御ためになりましょう」

蔵人は恭しく言った。

「いいだろう。颯太を釈放しよう」

正永の心はこうして決まった。

それから、さらに半月が過ぎた十一月十一日のこと。

ついに、颯太は甲斐庄家の屋敷を出て行くことになった。

「おいちさんには、ちゃんと伝えてあるから、訪ねていっても大丈夫よ」

見送りに出た七重は、弟にそう言って笑いかけた。

「姉さん……」

颯太はそれなり言葉を続けられなかった。

この釈放に、七重が力を尽くしてくれたことは知っている。正直、姉にこれほどの賢さと粘り強さがあるとは考えてみたこともなかった。また、自分のことをこれほど想ってくれていたというのも、颯太には意外なことであった。

颯太はこれから、甲斐庄家を出て思うままに生きることが許されている。多少の制約があるとはいえ、江戸の内であればどこにでも行き、おいちと共に暮らすことも叶う。

だが、七重と佐三郎の二人は、これからもずっと、甲斐庄家の屋敷につながれたまま生きていかなくてはならないのだ。それは、颯太の口を封じるためでもあるだろう。

そのことを思うと、颯太は心からの喜びに浸ることができなかった。そんな颯太の気持ちを察したのか、

「あたしたちはこれでいいのよ」

と、七重は言った。

「あたしたちは、自らの手で今の暮らしを選んだの。それは、もうずっと昔、あたしと佐三郎さんが江戸にいた時のこと。だから、あたしたちは悔やんでもいないし、ここで暮ら

すのを窮屈に思ったりもしない。あたしは佐三郎さんがいてくれれば、他には何にも要らないの。ううん、正直に言えば、もう一つだけあった。どうしても、会いたい人がいた……。でも、その人とも会うことができたから、あたしにはもう望みなんてないの」

「姉さん、育てのおっ母さんに会ったのか」

颯太は目を剝いて尋ねた。

「会ったって言っても、名乗り合ったわけじゃあないわ。ただ、挨拶しただけ。おいちさんもいたし、おっ母さんの今の娘さんもいるところで堂々とね。でもね、おっ母さんは幸せそうだったの。だから、あたしの心もさっぱり晴れた。もう思い残すことはない。おっ母さんはあの子に任せておけば大丈夫って思えたから――」

七重の声は澄み切っており、未練を残していないことが、颯太にも伝わってきた。

「おっ母さんに会いたいっていうあたしの願いが叶ったのは、おいちさんと颯太のお蔭だわ。だからね、颯太。今度はあんたが幸せになる番よ。あたしの願いはそれで全部――」

それももう叶った――とでもいうように、七重は満足そうな笑顔を見せた。

「おいちさんは本当にいい娘さんね。あんたを捜すために、何もかも捨てて真間村を出てきたんだって。お母さんは去年亡くなったそうよ。それにしたって、真間村にちゃんと立派なお家もあるのに、おいちさんはあんたのことしか考えてなかったのね」

「……ああ」

颯太の声が低くかすれた。

「おいちさんが今、どんな暮らしをしているかは、あたし以上にあんたが知ってることだと思うけど。一つだけ話しておきたいことがあるの。あんた、おいちさんのお父さんのこと、何か知ってる？」

七重の話が思いもかけぬところへ飛んだからだろう、颯太は訝しげな表情を浮かべつつ、首を横に振った。

「いいや。父さんと母さんが駆け落ちして一緒になったって話と、父さんが母さんとおいちを捨てて、突然消えたってことくらいしか」

「そうよね。それは、真間村でも有名な話だったわ。そのことを、名主の角左衛門さんがいまだに怒ってるって話も。でもね、あたし、もしかしたら、おいちさんのお父さんを知ってるかもしれないのよ」

「何で、姉さんが？」

「あたしだけじゃないわ。あんただって、知ってる人よ」

「ええっ！」

颯太は声を上げて、目を白黒させた。誰のことか考えをめぐらしていたようだが、ややあって、思い当たったような顔つきになり、「まさか……」と小さく呟いた。

「今度のことで、変だと思わなかった？　土門さまがどうして、あんたにこれほどまで肩入れしてくださったのかって」

「で、でも、土門さまは俺に武術を教えてくれてた時から、俺に目をかけてくださってたし……」

颯太はいつになく、うろたえた様子で言葉を継いだ。

「あたしももしかしたら、それだけなのかと思ってたわ。土門さまはよほどあんたが気に入っていたから、助けてくださるんじゃないかって。でも、それなら、あんたを甲斐庄さまの配下に残そうとなさるんじゃないかしら。まあ、あんただって完全に思いのまま暮らせるわけじゃないし、これからだって甲斐庄さまのお指図を受けることはあるかもしれない。それでも屋敷の外で、おいちさんと一緒になれるよう計らってくださったのは、どうしてだと思う？　あんたというより、おいちさんのことを考えてくださったからじゃないかと思うの」

颯太はしばらくの間、無言であった。七重の言った言葉について思いをめぐらし、それが本当にあり得る話なのかどうか考えていた。ややあってから、

「おいちには確かめてみたのか」

と、颯太は七重に尋ねた。

「確かめるったって、土門さまと会わせることはできないから、土門蔵人っていう名前を知っているか訊いただけよ。でも、覚えはないって言われたわ。土門さまみたいな隠密は、素性を隠したまま所帯を持つこともあるんですってね。仮にあたしの考えが当たっていたとしても、おいちさんが知ってるお父さんの名前は違っているのかもしれない。そもそも、土門蔵人っていう名前だって本物じゃないかもしれないし……」

「それは、俺の口から、おいちに伝えた方がいいのか」

「そうは言ってないわ。それに、今さら告げたところで、おいちさんだって困惑するだけでしょう。お父さんと会えるわけじゃないんだから——」

「じゃあ、黙っていいのか」

「今は……それでいいんじゃないかと思うわ。これからは、あんたがおいちさんのそばにいてあげるんでしょうし。でも、おいちさんの心にはやっぱり、お父さんに捨てられたっていう傷が消えたわけではないと思うのよ。あんたはそのことを覚えていてあげれば、いいんじゃないかしら」

七重の言葉を、噛み締めるような顔つきで聞いていた颯太は、やがて大きくうなずいた。

「姉さんの言いたいこと、何となく分かるよ」

「そう？ なら安心ね」

七重は微笑(ほほえ)んだ。

「それじゃあ、もう行きなさい。おいちさんによろしくね」

「姉さん……」

颯太は七重のように微笑むことができなかった。

「そんな顔をしないの。あたしとあんたはまた会えるんだから。あんたが会いたくなくったって、あんたは月に一度はここへ来なけりゃならないんだから」

「……ああ」

それでも、やはり別れは別れだった。

十歳を少し過ぎたばかりで、親元を離れ、その後はずっと姉夫婦を親代わりとして暮らしてきたのである。親代わりと見るには、少々頼りないところはあったが、それでもやはり、いざという時には頼れる身内であった。

(俺は、ずっと自分が姉さんたちを支えなきゃと思ってきたけど……)

実のところ、支えてもらっていたのかもしれないと、颯太はこの時、初めて思った。

そして、この度の一件で、七重から救ってもらったのは確かであった。

「姉さん、いろいろ……ありがとな」

颯太は少しうつむき加減になって言った。姉の目をまともに見ることはできなかった。

「何だか、変な気分がするもんだわねえ」

七重は軽く笑いを含んだ声で言おうとしたようだが、その声は少しばかり湿っぽく聞こえた。

「あんたから、お礼を言われたのなんて、初めてのことよ」

颯太はその七重の声を背に歩き出した。振り返ることはなかった。今振り返れば、姉の湿っぽさに引きずられてしまいそうであった。

五

同じ十一月十一日の昼前のこと。

お菊は露寒軒宅で、荷物の整理をしていた。

「やっぱり、柳沢さまのお屋敷へ戻るつもりなの？」

おいちはお菊の仕度ぶりを眺めながら尋ねた。仕度といっても、さっきからお菊はたくさんの小袖を広げたり畳んだり、そんなことをくり返しては溜息ばかり吐いているのである。仕度などは少しもはかどっていない。

「他のどこに、あたしの行くところがあるっていうのよ」

お菊はつっけんどんに答えた。

「別に、急いで出て行かなくったってって思うだけよ」

「今日は颯太がやって来るんでしょ。あたしがここにいてどうするのよ。あんたたちが仲良くしているのを、傍で見ていろとでも言うの？」

「そんなつもりじゃないけど……」

かつてお菊は颯太に想いを寄せていたと知るだけに、おいちも強くは言い返せない。

「それに、先方からは、せっかく続けてくれって言われたんだもの。お断りする理由はないでしょ。相手は公方さまのお覚えめでたい柳沢さまなんだし」

「それは、そうかもしれないけど……。別に、柳沢さまのお女中なら、あんたでなくても、いくらだって代わりがいると思うのよね」

おいちがそう言うと、お菊は目を吊り上げて、おいちを睨みつけた。

「何よ。あたしが柳沢さまのお屋敷で必要とされてないって、けちつけるつもり？」

「そうじゃないわよ」

辟易しながら、おいちは首を横に振った。

「そうじゃないけど、柳沢さまのお屋敷以上に、あんたを必要とするところがあるんじゃないかと思っただけよ」

「どこに、あるっていうのよ」

つけつけとお菊は問う。

「えっ、それは……たとえば、真間村とか」

「真間村の家ってこと？　そりゃあ、あっちは、仏門に入ったお兄さんの代わりに、あたしに婿を取って家を継がせようって腹なんだから、あたしが戻ってあげれば、もろ手をあげて喜ぶでしょうよ。でも、あたしは嫌なのよ。人の言いなりになって、みすみす人を喜ばせるためだけに、自分の生き方を決めちゃうっていうのは――」

「その気持ちはあたしにも分かってるわよ。でも、別に人の言いなりっていうわけじゃなくって、あんた自身が望んで、そのう、真間村に帰るっていう道だって、あるんじゃないかって」

「あたし自身が望むですって？」

お菊は険のこもった目で、おいちを見据えた。

「だって、真間村にはあんたの身内以外にだって、あんたを必要としてる人がいるんじゃないの？」

おいちがいつになく静かな声で言い返すと、それまでぽんぽん言い返していたお菊が、この時だけ無言であった。

誰かのことを思い浮かべているのだろうと、おいちは思った。そして、その人物はきっと、自分が想像している人と同じはずだ。

その勘に賭けてみるつもりだった。

「お菊さあん」

その時、階下から、おさめがのんびりした声をかけてきた。

この日は颯太が来るというので、朝から歌占と代筆の客は取っていない。

「お客さんですよ」

「あたしに？」

お菊は怪訝（けげん）な表情を浮かべている。

おいちはさっさと部屋の外に出た。お菊には何も言わず、階段を下りていってしまう。

「ちょっと、おいち。どこ行くのよ。あたしを訪ねてきたお客なんでしょ。何であんたが出て行くわけ？」

お菊はおいちの背に声をかけたが、おいちは完全に無視している。

おいちは階段を下りたところで、お菊の客人と顔を合わせた。

「喜八さん――」

大柄の男が玄関で、おさめの用意した盥の水を使い、足を拭っているところだった。喜八はおいちを振り返った。

「間に合わなかったら、どうしようと思ってたの。よかったわ。あたしの文がちゃんと届いていたのね」

「う、あ、ああ」

相変わらず、喜八の返事はもっさりとしている。

だが、真間村からここへ来るまで、相当急いだのだろう。冬だというのに、喜八の額には玉のような汗が浮かんでいる。それが、どことなく、喜八を精悍な男に見せていた。

喜八は足を洗い終えると、おさめの差し出した手ぬぐいで水滴を拭き取り、中へ上がった。

その後、今度は袖口から自分の手ぬぐいを取り出して、額の汗を拭き始める。だが、その手ぬぐいはたちまちびしょ濡れになった。おいちは持っていた新しい手ぬぐいを差し出そうとしたが、ふと思い立ってそれをやめた。

「お菊は二階よ」

おいちはそう教えた。

「あたしたち、遠慮するから、どうぞごゆっくり」

「あ、ああ」

　喜八は少し困惑した様子でうなずく。どうもその様子が頼りなく見えてしまい、おいちは黙っていられなくなった。

「いいこと、喜八さん」

　余計なことと思いつつ、つい口を開いてしまう。だが、二階のお菊には聞こえぬよう、声を潜めて続けた。

「お菊は心の奥では、たぶん武家屋敷の奉公なんてもう辞めたいって思ってる。でも、お菊はそれを自分から言うことができない子なの。誰かがお菊に、お菊自身の本心を気づかせてあげなくちゃいけない。それができるのは喜八さんしかいないのよ」

「ああ」

　どこか間延びして聞こえるが、本人は至って深刻に、この事態を受け止めているらしい。目の奥には強い光が浮かんでいる。

「あたしが喜八さんに文を書いたのは、そのためよ。そのこと忘れないでね」

　おいちの言葉にうなずき、喜八はおいちが示した階段を上り出した。

　お菊は部屋の外に顔を出そうともしない。おそらく、階下でのやり取りの一部は聞こえていただろう。やって来た客が喜八だということくらいは、もうお菊も分かっているはずだ。

　お菊がおいちに続いて、階段を下りてこようとしないことが、その証(あかし)だった。

(脈はあるわよ、たぶん)

おいちは自分に言い聞かせるように、胸の中で喜八に語りかけていた。

(たぶん……だけど)

喜八の大きな体が、階段を上りきった。お菊のいる部屋へその姿が消えるのを見届け、おいちは露寒軒たちのいるいつもの座敷へと向かった。


「あんた、おいちから文をもらって、のこのこやって来たっていうわけ?」

お菊はひどく機嫌の悪い声で尋ねた。

「……へえ」

「で、何? あたしが奉公に出るのを引き留めに来たっていうわけ? おいちからそうしろって言われたから? それとも、うちの親から頼まれたの?」

お菊から立て続けに問われ、喜八は即座に返事をすることができないでいる。

「あんたっていっつもそう。誰かに言われると、その人の言うままに動くんだから。あたしの言いなりになるのはいいのよ。だけど、他の人の言いなりになってるあんたを見てると、ものすごくいらいらするのよね」

お菊の機嫌は、ますます悪くなっていくようである。

「おいちさんは別に、俺にここへ来いとは、書いてこなかった……」

喜八はようやくそれだけ言った。

「ふうん、そうなの」

疑わしそうに、お菊は喜八をじろじろと見た。

熱いのか、冷や汗なのか、喜八は今もなお噴き出る額の汗を、びしょ濡れの手ぬぐいで拭こうとしている。お菊はそれに気づくと、自分の散らかした荷物の中から、新品の手ぬぐいを取り出し、黙って喜八に差し出した。

喜八はもそもそと礼を言って、手ぬぐいを受け取ると、それを額に押し当てながら、必死に語った。

「十一日に、お菊お嬢さんが奉公に出ちまうかもしれないって、書いてあっただけだ。今度は本式の奉公になるから、すぐに辞めるってわけにもいかなくなるって」

「で、それを読んで、どうしてあんたはここに来たのよ」

「俺——お菊お嬢さんに、奉公には上がってもらいたくねえです」

喜八は胸の中に溜め込んでいたすべてを、吐き出すような勢いで言った。

「どうして？　どうして、あたしが自分の考えでやろうとしてることに、あんたがけちをつけるのよ」

「別に、俺はけちをつけるつもりなんか……」

「じゃあ、どうしてあたしが奉公に上がるのに反対なのよ」

「それは……お嬢さんに真間村へ帰ってきてほしいからです」

「真間村へ帰れば、あたしはあんたを婿に取れって言われるわ。あんたは名主の婿になりたいだけでしょ」

「そんなことねえです！」

この時の喜八の返事は素早く、そして力強かった。

「俺は、お菊お嬢さんが名主さんの娘だから、好いてるんじゃねえ」

「えっ……」

思いがけぬ告白に、お菊は一瞬、絶句した。が、喜八の方は自分がそのような一大事を打ち明けたということにも気づかぬ様子で、自分の想いを語るのに懸命だった。

「お菊お嬢さんが土地持ちでなくてもかまわねえ。お嬢さんが真間村を出たいっていうなら、俺も一緒に真間村を抜ける。俺は、お嬢さんさえいてくれれば――」

「ちょっと、あんた、何言ってるのよ。あたしは別に真間村を出たいなんて、一言も言ってないでしょ」

そのお菊の言葉に、喜八は我に返ったようであった。自分の口にしてしまったことの意味に気づき、居たたまれないといった様子で、大きな体を縮こまらせている。

「俺、何言ってるんだか。お嬢さんの気持ちは……知ってたはずなのに……」

「あたしの気持ち？　それって何のことよ」

「お嬢さんの想う人が誰か、俺は知って……」

「もしかして、それって、颯太のこと言ってるの？」

お菊はほとんど感情のこもっていない声で言った。喜八はつらそうに、お菊から目をそらした。

「別に、あたしは颯太のことなんて、本気で好いていたわけじゃないわ」

「ええっ」

喜八が驚いた顔を上げて、お菊を見る。お菊の表情は平然としていた。

「おいちが――あの子が好きだって知ったから、奪ってやりたいと思ったの。ただ、それだけよ」

「お菊お嬢さん……そんなに、おいちさんが嫌いなんですか」

喜八は少し情けなさそうな声になって呟いた。喜八自身は、おいちに感謝もしていたし、お菊がそれほどまでに嫌う理由が分からなかったのである。

「だって、あの子はあたしの欲しいものばかり、持ってたんだもの。初めてあたしの前に現れた時、あの子にはきれいなお母さんがいた。あたしのお母さんはいつも、体の弱いお兄さんのことばかり見ていて、あたしのこと、あまりかまってくれなかったのに、あの子はお母さんといつも一緒だった。お祖母さんはあの子を不憫だって言って、あたし以上に気にかけてた。あの子は字も上手で、お師匠さまにも褒められて。とにかく！」

お菊は声に力をこめて続けた。

「大嫌いだったのよ。初めて会った時からずうっと！」

その憎しみのこもった物言いに、喜八は言葉を返せなかった。

「だから、あの子のものを奪ってやりたかったの。自分でも颯太を好きだと思っていた時もあったけど、本当はただそれだけだった……。負け惜しみとかじゃなくってね。本当にそう思うの」

お菊の声はいつしか力なく、弱々しくなっていた。だが、不意に思い直したように、首をしゃんと立てると、

「まあ、あの子もいろいろなもの失くして、あの子なりに頑張ってきたわけでしょ。あたしはあの子の姉さんも同じなんだから、広い心で許してあげようと思うわけ」

と、お菊は実に堂々と言い放った。

許すも何も、おいちは何も悪いことはしていないのではないか、などとは、もちろん喜八は口にしない。その代わり、

「おいちさんの持ってるものじゃないもので、お嬢さんが本心から欲しいものはないんですか」

不意に、喜八はそれまでとは違う、きっぱりした声で尋ねた。

「俺、お嬢さんが欲しいもの、何でも用立てたいです。お嬢さんが望むなら、どんなもんでも――。何でも言ってください、お菊お嬢さん」

「あたしの欲しいもの……？」

お菊は考え込むように呟く。

「へえ」

「あたしが欲しいのは、ただ、あたしだけを見つめて、あたしの言うことだけを聞いて、

弁天さまを崇めるみたいにあたしを大事にしてくれる、たった一人の人よ」

お菊は挑むような眼差しを喜八に向けた。

喜八は目をそらさなかった。

「あんた、どんなもんでも、って言ったわよね」

「へえ、言いました」

喜八は怖気づくこともなく、はっきりと言い返した。

「なら、用立ててくれるのよね、あたしの欲しいもの」

喜八はゆっくりと息を吸い、吐き出してから、おもむろに口を開いた。

「お嬢さんの欲しいものが、そんなもんでよかったって、俺、思ってます」

お菊の目が瞬きもせず、じっと喜八を見据えている。喜八はその目を見返しながら続けた。

「俺でよければ、お嬢さんの願いを俺はもう叶えてると思うから——」

お菊のきつい眼差しに、ゆるやかな笑みが浮かんだ。

「実は、あたしもうずっと前から、そのことには気づいてたわ」

お菊は朗らかに言い、それから喜八が握り締めたままの手ぬぐいを、不意に抜き取った。

喜八があっと思う暇もなく、それは喜八の額に押し当てられた。

「お菊お嬢さん……」

目を白黒させながら、感激に震えた声を出す喜八の汗を、お菊は優しい手さばきで拭い続けていた。

六

柳沢家の女中奉公を続けるか否か、正式な返事を先延ばしにしていたお菊の、この後の行動は実に早かった。

正式な断りを入れるため、この日のうちに柳沢家へ足を運び、そのまま喜八と一緒に真間村へ帰るという。

お菊がどっさりと運び込んだ小袖や道具の類は、また日を改めて取りに来るというが、実際に足を運ぶのは喜八であろう。

「あんたが好きに使ってくれてもかまわないのよ」

お菊はそれらの荷を見回しながら、二階の部屋でおいちに言った。二人の他には誰もおらず、皆、下の座敷でお菊の仕度が調うのを待っている。

「それじゃあ、喜八さんが受け取りに来るまで、あたしが預かっておくわ」

おいちは答えた。好きに使えと言われても、おいちとて、武家屋敷へ奉公に出るわけではない。

「どうせ、あんたも一度、真間村へ来るんでしょ。お祖父(じい)さんやお父さんに挨拶しなくちゃね」

颯太とのことを言っているのだ。

「う……ん」

おいちの返事は歯切れの悪いものになる。

颯太が江戸を離れることができないということは、すでに七重からの文で知らされていた。真間村は江戸からそれほど遠いところではないのに、颯太と二人で行くことはできない。

「まあ、いいわ。颯太のことなら、お祖父さんだってよく知ってるわけだし」

おいちと颯太が一緒になることを、角左衛門が反対はしないだろうと、暗に言っている。お菊はそこまではふつうの声で語っていたが、そこで声を潜めると、

「それより、あんた。まさか、今でもおさめさんや幸松のこと、疑ったりしてないでしょうね」

と、続けて訊いた。二階には二人の他に誰もいないが、この話題はやはり小声にならざるを得ない。

「ええ」

おいちは苦笑しながらうなずいた。

「あれは、あたしを追い詰めるための方便だったたって、七重姉さんが後から文で打ち明けてくれたし。それに、もし仮にそうだとしても、あたしがおさめさんや幸松との間に結んだ絆までなくなるわけじゃないし……」

そのことに露寒軒が気づかせてくれたのだ、と少し小声で答えるおいちに、お菊は安心

した様子でうなずき返す。

二人だけの話も終わると、おいちとお菊は階下へ向かった。

「まあまあ、寂しくなりますねえ。これからもちょくちょく来てくださいな」

おさめはお菊の手を取らんばかりになって別れを惜しんでいる。

「ええ、そうさせてもらいます」

お菊もしみじみとした声で応じた。

「何を言うか。名主の家を継ぐと決めたからには、為すべきことが山ほどあろう。ちょくちょく江戸へ遊びに来る奴があるか」

露寒軒が苦々しげに口を挟んだ。

「おいら、また、真間村へ行きたいです」

幸松はにこにこと笑顔を向けて、お菊に言った。

「幸松は大歓迎よ。いつでも来てちょうだい。春になったら、真っ白な梨の花が咲きそろって、そりゃあきれいなんだから」

お菊は自慢げに語った。

「じゃあ、おいち姉さんに連れていってもらいます」

「おいちと一緒でなくっても、あんたが一人で来てもいいのよ。この人が迎えに来てくれるから」

お菊は喜八のことを目で示しながら、勝手なことを言った。

（相変わらず、喜八さんを顎で使う気なんだわ）

おいちは内心であきれていたが、喜八はこの上もなく幸せそうに見えた。

「それじゃあ、先生」

お菊は改めて、露寒軒に向かって深々と頭を下げ、

「お世話になりました」

最後の挨拶をした。それから、思い出したふうに、

「先生の歌占のお札、確かに効き目がありました」

と、お菊はにっこり微笑みながら言い添えた。

「当たり前じゃ」

露寒軒は胸を張って言う。

この露寒軒の歌占の店も、今すぐにではないが、やがて閉めることになるだろう。露寒軒は三河島の屋敷で、これからの歳月を身内と一緒に過ごすことを約束したのだから――。

その時には、おさめと幸松も露寒軒に従って三河島に行くことになるのか。あるいは、おさめは息子仙太郎のいる浅草に近いところに住まいを探すのかもしれない。そして――。

（あたしの願いももうすぐ叶う）

初めて露寒軒の家を訪れた時、引いたお札は今もおいちの懐にしっかりと収められている。肌身離さず持っていれば、颯太に再会できると言われたお札には、真間手児奈を詠んだ歌が、露寒軒の読みにくい字で書かれている。

その効き目は確かに抜群だった。

願いが叶った後、このお札はどうすればいいのだろう。

後で、露寒軒に訊いてみなければならないと、おいちは心に留めた。

お菊と喜八を見送るため、おいち一人が玄関の外まで送ってゆく。おさめたちは座敷で挨拶をし、外での見送りは遠慮すると言った。

(別に、お菊相手に、そんな仰々しい別れ方をするつもりもないんだけど……)

おいちは内心で、そんなことを思いながら、外まで見送りに出た。

お菊は梨の木坂を下りたところで、駕籠(かご)を拾うという。そこまでは、喜八と寄り添いながら歩いてゆくらしい。

お菊と喜八が梨の木の横で、おいちを振り返った。その時、

「いろいろありがとう」

おいちの口は勝手に動き出していた。

「お菊……姉さん」

続けて口をついて出た言葉は、おいち自身、まったく予想もしていない言葉であった。

遠い昔、誰かから言われたことがあったような気がする。

——これからは、本当の姉さんのように思って、お菊姉さんと呼びなさい。

亡くなった祖母の言葉だったか、あるいは母お鶴の言葉だったか。

だが、お菊に打ち解けられぬまま、その言葉をおいちが口にすることは一度もなかった。

お菊もまた、突然、耳慣れない言葉を聞いて、目を瞠っている。

だが、その口からいつもの憎まれ口は出てこなかった。

おいちはそれから、喜八に目を向けて頭を下げた。

「たくさん生意気ばかり言ってごめんなさい」

こちらはすらすら言葉が出てきた。

「次にお会いする時は、お兄さんと呼ばせていただきます」

喜八は気恥ずかしそうな表情になって、おいちから目をそらした。その眼差しは吸い寄せられるように、お菊の横顔に向けられ、そこで止まった。

喜八はまぶしそうに目を細めつつ、もうそれしか目に入らぬという様子で、お菊だけを見つめている。

（よかった、喜八さん。よかった、お菊――）

おいちは心からそう思った。

「それじゃあね」

お菊がたった一言だが、これまでにない温もりのこもった声で言う。おいちが見送る中、喜八とお菊は二人そろって梨の木坂を下っていった。

二人の姿が見えなくなってもなお、おいちは家の中へは戻らなかった。

颯太が来るのはもうすぐなのではないかという予感がある。いや、ここでこうして立っていれば、現れるのではないかとなぜか思える。

今年の秋の初め、こっそりと黙って梨の実を置いていってくれた時のように、颯太はどこかで自分を見ていてくれるのではないか。そして、お菊たちが去っていったのを見届けて、目の前に現れるのではないか。

おいちは冬枯れの梨の木を静かに見上げた。

待つのはもうつらくなかった。たとえ、これから日が暮れるまで待たされるのだとしても、この梨の木の傍らで待っていたい。

おいちは懐にしまい込んでいた露寒軒のお札を取り出し、そっと開いた。

「勝鹿（かつしか）の真間の井を見れば立ち平（なら）し……水汲（く）ましけむ手児奈し思ほゆ――」

もう覚えてしまったその歌を、小さな声で呟いてみる。

まだ、颯太が現れる気配はなかった。おいちはそのまま満ち足りた気持ちで、梨の木を見つめ続けていた。この梨の木が江戸に来て以来の自分をずっと見つめていてくれたのだと思うと、愛しさがじんわりと込み上げてくる。

そうして、どのくらいの時が過ぎたのだろうか。

おいちは急に人の気配を感じて、ぱっと後ろを振り返った。

思った通り、颯太がいた。近付いてくる足音もしなかったのに、颯太はもう数歩の位置にいる。

「颯太……」

おいちは胸がいっぱいになった。あふれんばかりのこの想いを、自分の心はとうてい受け止められないように思える。

「おいち――」

想い人が自分の名を呼んでくれる。その幸せをこれほど深く感じたことはなかった。

「前に、真間の井で一緒に歌を唱えた二人は、決して離れないと、教えてくれたよな」

颯太はいきなり、そう切り出した。

「……うん」

「俺は江戸から出てはいけないんだが、お前が江戸にいてくれるなら、離れないでいられる」

「あたしが颯太から離れるわけないでしょう？」

おいちは泣き出しそうになりながら、それだけ言った。

「そうだよな」

颯太は一歩、おいちに近付き、照れ隠しのように笑ってみせた。

「お前、代筆屋やってるんだったな」

「ええ。これからも続けるつもりよ」

「そうか」

颯太は悪戯(いたずら)っぽい様子で、口許に笑みを浮かべると、

「じゃあ、俺は代筆の届け人でもやるかな」

と、言った。

おいちの脳裡に、柳沢家の屋敷で見た天狗の姿が思い浮かんだ。あれは、やっぱり颯太だったのかと思った時、

「お前、代筆じゃなくて、自分で誰かに文を書いて送ったことあるのか？」

不意に、颯太が思いもかけぬことを尋ねてきた。

自分で書いた文といえば、七重とのやり取りの他には、お菊のことを知らせる喜八への文くらいしかない。どちらにしても、自分から相手に想いを伝えるための純粋な文ではなかった。

「えっ？　ない、と思うけど……」

少し曖昧な口ぶりで答えるおいちに、

「お前さあ、そのうち行方知れずの父さんに、文を書いてみたらどうか」

と、颯太は急に言い出した。

「そ、それって、どういう意味？　まさか、颯太はあたしの父さんの居所を知ってるっていうの」

おいちが真剣な面持ちで問い返したせいか、

「いや、そういうわけじゃねえんだが……」

颯太は少し尻込みするような様子を見せた。だが、その後も、言葉を選ぶようにしながら、ぽつぽつと語り続けた。

「いつか、届けてやれるんじゃないかと思ってさ。俺、事情のある人たちの届け人みたい

なこと、やってたことあるし……。お前の届け人もいつかやってやれたらって、ふと思ったんだ」

颯太はそう言ったものの、おいちから不審に思われたのではないかと、不安になったようだ。

「いや、その、わけの分かんねえこと言ったな。深く考える必要はないんだ。忘れてくれ」

と、目の前で右手を横に振りながら言う。

だが、おいちにはわけの分からないことではなかった。颯太の勧めてくれることが、とても思いやりのこもった提案であると感じられた。

「あたし、颯太の言う通り、父さんに文を書いてみる。届くかどうかなんて今はいい。あたし、父さんに文を書きたくて、字を習ったんだもの。亡くなった母さんからも、父さんに文を書きなさいって言われていたし……」

「そうか」

颯太はどこかほっとした様子で言うと、もう一歩、おいちに近付いた。

「俺、今日お前に会ったら、最初に昔の約束を果たそうって思ってたんだ」

「約束……?」

おいちは首をかしげて颯太を見上げる。

「ああ」

颯太はうなずくと、心を落ち着かせるように大きく深呼吸した。それから、思い切った様子で口を開いた。

　真間の井に契りし言を忘れねば　君が手添へし梨の花咲く

颯太の口から出てきた言の葉は、三十一文字の和歌であった。

歌を贈ってほしいと言ったおいちの願いを、颯太は今の今まで忘れていなかったのだ。

下の句は颯太が真間村から消えた時、梨の木の枝に結わえ付けてあった文にしたためられていたものだ。忘れようにも忘れられなかった十四文字の言の葉――。

――真間の井で「一緒に生きていこう」と誓った言葉を俺は忘れなかった。だから、俺たちはこうして逢えたんだ。冬枯れの木に、梨の花が咲くように――。

おいちの大きく見開いた両目から、涙があふれ出した。声を立てずにおいちは泣いた。

涙がこれまでの嘆きも寂しさも押し流していってくれる。そうするうち、

（颯太の歌に、歌で返事をしなくちゃ）

という思いが込み上げ、おいちの胸にあふれ返った。

その瞬間、お菊たちと真間村へ帰った時に見た鴛鴦の姿がふと浮かんだ。あの時の鴛鴦も、今はもう番になっているのではないか。

――真間の入り江に鴛鴦や鳴くらん

自然に下の句が浮かんできた。

同時に、涙に洗われた目の中に、花も実もない梨の木が優しく映り込んでくる。

──梨という言葉は、「無し」に通じるため、梨の実を「有りの実」とも言うのじゃ。

──梨は花も実もある……。おいちさんは梨の木ね。

露寒軒と七重の言葉が胸の奥によみがえった。それに背を押されるように、おいちの想いが言の葉となる。

──今頃、真間の入り江では、番の鴛鴦たちも鳴き交わしているんだわ。あたしと颯太が二人そろって、同じ梨の木を見つめているように。

おいちは先ほどの颯太と同じように深呼吸をすると、ゆっくり口を開いた。


花も実もないなしの木君と見る夕べ　真間の入り江に鴛鴦や鳴くらん

あとがきに代えて

一筆申し上げます。

春の「梨の花」に始まり、「撫子」、「星合」の七夕を経て、冬の「おしどり」まで、一年にわたるおいちの江戸暮らしにお付き合いくださり、まことにありがとうございました。

さて、この一年、おいちの導き手であった露寒軒こと戸田茂睡について、少しご紹介させていただこうと存じます。

同時代の著名人柳沢吉保に勝るとも劣らぬ名家の出で、北村季吟のような重職には就かなかったものの数々の著作物を記した露寒軒。現在あまり人に知られていないのが不思議でもあり、残念にも思えてなりません。

最も有名な著作は、八百屋お七の記事がある『御当代記』と思われますが、江戸各地の紹介文に歌と漢詩を添えた『紫の一本』など、とてもユニークです。露寒軒は遺佚という登場人物となり、陶々斎という相方と江戸の名所をめぐり歩くのですが、騒動に巻き込まれたりもする珍道中。

その中には、遺佚（露寒軒）の詠んだ「待乳山」の歌などがさらりと紹介されていたりするのです。待乳山といえば鶴屋の米饅頭。そこにはこんな歌が――。

「根本(こんぽん)は麓(ふもと)の鶴やうみぬらん米饅頭は玉子なりけり」

格式や伝統が尊ばれた時代に、露寒軒の作風は合わなかったのでしょうか。

「違います。時代が露寒軒さまに追いついていなかったんです」

おいちたち露寒軒宅に集う人々なら、声をそろえてそう答えるのではないでしょうか。

さて、露寒軒宅一同より一言。この先も代筆の御用がございましたら、梨の木坂は戸田露寒軒宅をご利用くださいますよう。住人も変わり、歌占(うたうら)は閉じているかもしれませんが、心よりお待ち申し上げております。


最後になりますが、この場をお借りし、本シリーズの出版に際しまして大変お世話になりました原知子氏、廣瀬暁子氏、遊子堂の小畑祐三郎氏、またおいちの切ない心をすくい上げるような美しいイラストをお寄せくださいました卯月みゆき氏に、心より篤く御礼申し上げます。

めでたくかしく

平成二十八年初冬

篠　綾子
露寒軒宅一同

引用和歌

◆勝鹿の真間の井を見れば立ち平し　水汲ましけむ手児奈し思ほゆ（高橋虫麻呂『万葉集』）
◆名にし負はばいざ言問はむ都鳥　わが思ふ人はありやなしやと（在原業平『古今和歌集』）
◆七重八重花は咲けども山吹の　実の一つだになきぞ悲しき（兼明親王『後拾遺和歌集』・『常山紀談』）
◆君が行く道の長手を繰り畳ね　焼き滅ぼさむ天の火もがも（狭野茅上娘子『万葉集』）
◆ただ頼め細谷川のまろき橋　ふみ返しては落ちざらめやは（『平家物語』）
◆わが恋は細谷川のまろき橋　ふみ返されて濡るる袖かな（『平家物語』）

編集協力　遊子堂

本書は、ハルキ文庫のための書き下ろし作品です。

し 11-4

おしどりの契り 代筆屋おいち

著者 篠 綾子

2017年 1月18日第一刷発行

発行者 角川春樹

発行所 株式会社 角川春樹事務所
〒102-0074 東京都千代田区九段南2-1-30 イタリア文化会館

電話 03(3263)5247[編集] 03(3263)5881[営業]

印刷・製本 中央精版印刷株式会社

フォーマット・デザイン&シンボルマーク 芦澤泰偉

ISBN978-4-7584-4062-2 C0193

http://www.kadokawaharuki.co.jp/[営業]
fanmail@kadokawaharuki.co.jp[編集] ご意見・ご感想をお寄せください。